会变形的房子

[韩]金煆听 著 [韩]李礼淑 绘 汪皓 译

中信出版集团|北京

科学家有话说

将想象的空间变为现实的建筑工程学

大家都知道建筑对我们非常重要。衣食住是我们生活中必不可少的基本生存条件，这里的"住"指的就是住宅建筑。建筑还能如实地展现出我们的社会面貌，因此我们也将建筑称为"时代的镜子"。

我们可以将建筑比作音乐。建筑家进行设计的过程，就好比作曲家发挥自身的想象力，将动人的曲调编织成乐谱；而建筑工程师与施工团队合作完成精美建筑的过程，就好比是演奏家看着乐谱演奏出美妙的音乐。建筑工程师的职责就是负责建造与周围环境相协调，能带给人们幸福的既安全又美观的建筑。这与交响乐队的指挥家非常类似。

建筑与我们的身体也有相似之处。骨头和肌肉能够支撑自身的体重，同理，建筑的结构也能够维持建筑的安全稳定。除此之外，能够阻挡风雨和严寒、能够抵御地震等自然灾害的建筑物才称得上是好的建筑。

电视、网络与照明类似于人体的神经系统。卫生间、供暖系统和厨房则相当于循环系统。也许你也曾因为卫生间下水道堵塞而感到郁闷，又或是因为停电或电梯故障而觉得不方便。同样的道理，为了打造出如同生命体一般，时刻呼吸着的、和谐的建筑，建筑工程师的设计也要进行诸多考量。

现如今，科学技术飞速发展，建筑也在快速地发生改变。未来的建筑将会是什么样的，我们很难去想象，但是有一点是不会变的——我们一定要记住，建筑是"为了人而存在的"。

那么，在大家阅读这本书之前，请想象一下你们最喜欢的空间是什么样的呢？那些想象中的世界，所有人幸福生活的世界是由大家来创造的。

李贤洙

首尔大学建筑系教授

> 故事大王有话说

期待着另一个神秘小屋

我们每天都穿梭于无数的建筑物之中，家、学校、图书馆、剧院、办公室、店铺等，不一而足。

无论是什么类型的建筑物，都必须安全且舒适。如果说高耸的大楼只在一楼有卫生间，或是早上煮大酱汤的味道终日无法散去，又或是发生紧急情况时没有正规的逃生通道，这些都会给我们带来困扰。

建筑工程学就是研究建筑的结构和材料、环境以及施工方法等的学科，而做这些事的人，我们则称为建筑工程师。

自从混凝土的制造技艺问世以来，人们围绕着建筑开展了多样的研究。随着新材料种类的不断增加，建筑施工方法也变得更为多样。相应地，建筑物所需的建造时间得以缩短，充满艺术美的精巧建筑也层出不穷。

这本书讲述的是三个小朋友建造自己理想中的小屋的

故事。正因为他们所憧憬的生活不同，三个人各自想住的房子也是不一样的。他们提议建造各不相同的，能够展现各自个性特征的和谐的房子。

请大家也想象一下自己理想中的房子的模样吧。同时也请大家留意，若是要把这一想象变为现实，又需要哪些技术。也许，通过不断的想象，我们就能够找到在现实中建造想象中的房子的方法。

大家如果盖好了想象中的房子，记得也叫上我。我会和神秘小屋的小伙伴们一起过去的。当然李教授也会跟我们一起的。

期待大家建造的另一个神秘小屋！

金煅听

目录

第1章
神秘的小屋？ 1
▶ 建筑工程学是什么？

第2章
看不见的柱子 29
▶ 设计和设计图

第3章
我想住的房子 57
▶ 建筑的骨架

第 5 章
佳恩不见了 101
🚩 建筑的材料

第 4 章
可疑的绳子 83
🚩 建筑中的科学原理

第 6 章
我们造的房子 121
🚩 想要成为建筑工程师的话

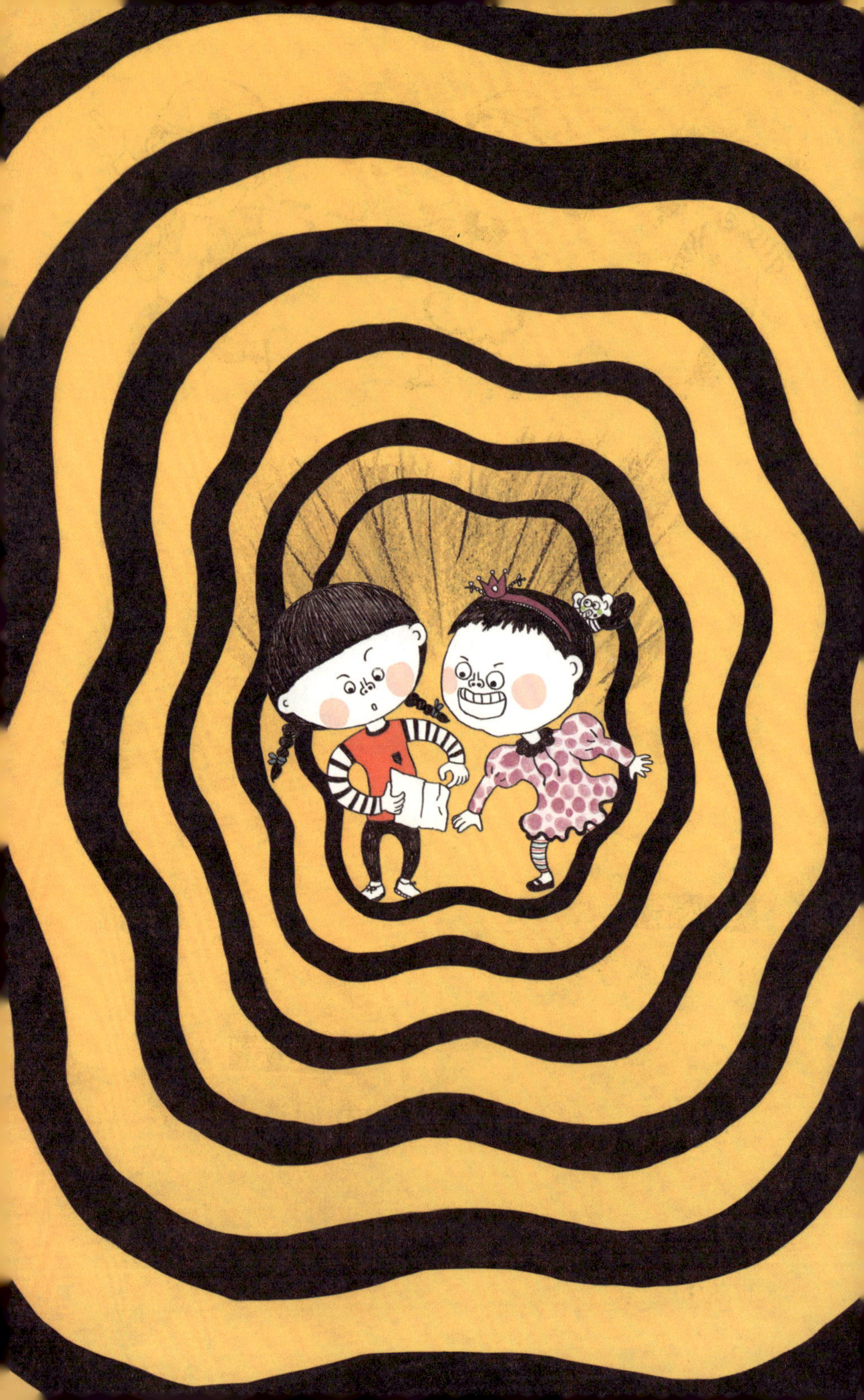

第1章

神秘的小屋？

广涵一个人待在家实在无聊，于是决定出去走走。离爸爸妈妈下班回家还有好久。一个月之前还有很多可以一起玩耍的朋友，现在搬来了新的小区，她只觉得一切都很陌生。能交到新朋友吗？她也想去游乐园和新朋友一起滑滑梯，玩跷跷板，互相推着荡秋千，但是现实情况却不太一样。

同班的成浩和她的妹妹佳恩正在游乐园里玩儿。广涵不怎么喜欢这对兄妹。佳恩老是让广涵帮忙做这个做那个。成浩喜欢开过分的玩笑，上课时片刻也坐不住，总是前后摇晃身体,搞得坐在后排的广涵也跟着一起晃动。

成浩一个人坐在跷跷板上,看着正在玩沙子的佳恩。

"哥哥,帮我拿点儿水来。"

成浩装作没听到佳恩的请求。他跺了一下脚,跷跷板再一次翘了上去。佳恩这一次叫得更大声了。

"哥哥,水!"

佳恩突然站起身来。这之后的事广涵不用想也能知道。再过一会儿,佳恩就会按住成浩另一边的跷跷板,再一次让哥哥给她拿水。那样的话,成浩便会吓唬佳恩,大声喊道让她自己去拿。两个人每次为了一点儿鸡毛蒜皮的小事就吵起来,最终都是以佳恩哭着自己跑回家而收场。每当这个时候,成浩就会狠狠地推无辜的秋千或者把跷跷板压得咚咚响来撒气。在广涵看来,只要成浩和佳恩两个人来游乐园,吵架的时间比一起愉快玩耍的时间还要多。因此,别的孩子只要在游乐园看到这对兄妹,就会远远避开。广涵觉得她之所以在游乐园交不到新朋友,其中很大的一个原因就是拜这对兄妹所赐。

广涵转过身。

"姐姐,今天来晚了呢!"佳恩跟广涵打招呼道。

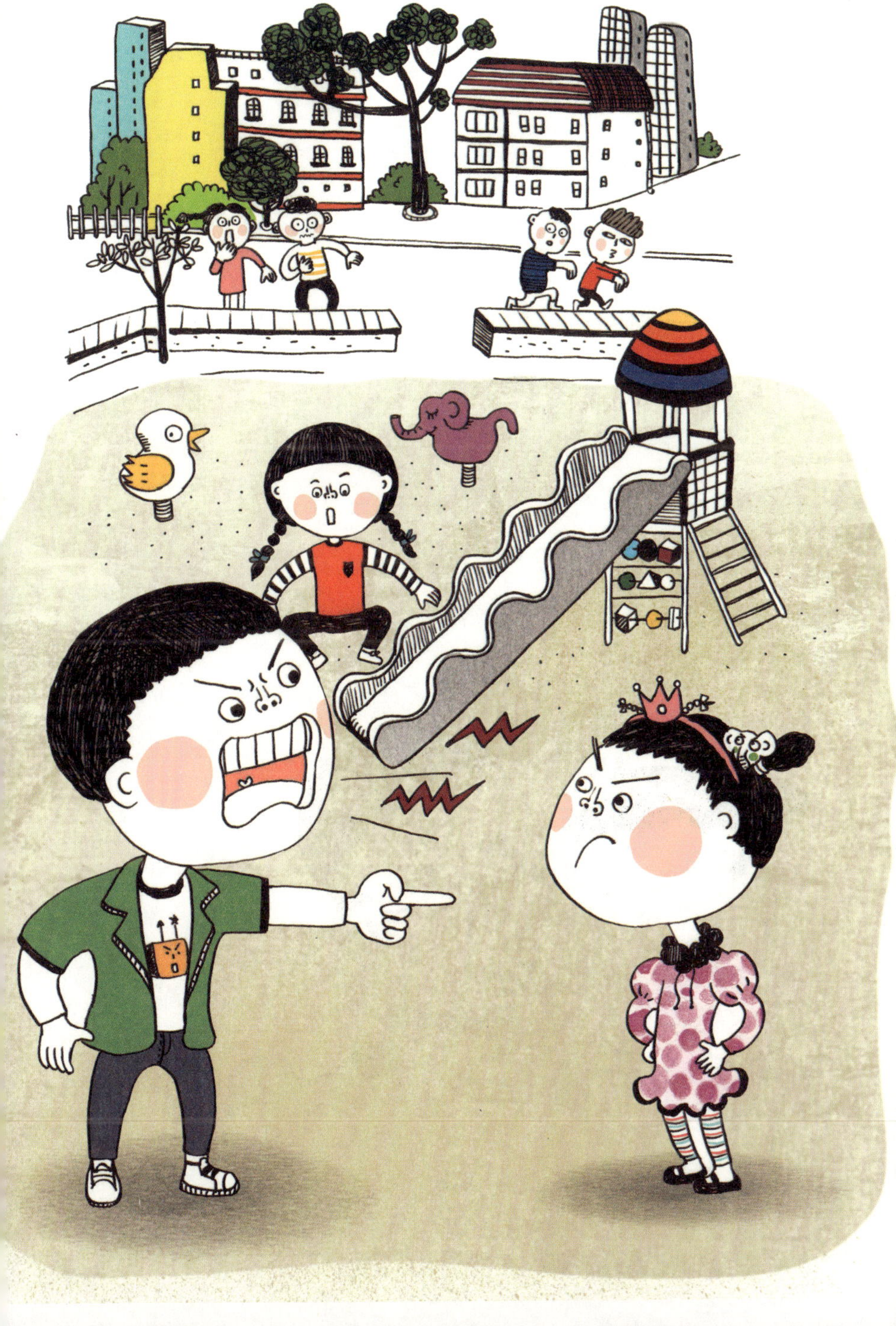

广涵埋怨自己没能更快地逃离这儿，紧紧地咬着嘴唇。

"嗯？嗯，写作业晚了点儿。"

"哥哥，你作业都写完了吗？"

成浩皱了皱眉。"就那点儿作业，不急着写。你呢，写了吗？"

"我为了等哥哥放学，在教室里全写完了。"

佳恩刨根问底，追问广涵都有些什么作业，都是些什么科目。

"别在这儿唠叨个没完。"

成浩从跷跷板上猛地站起身。

"你又去哪儿?"

"去兜兜风,怎么了?"

成浩大步流星地从广涵身旁走过。他并不是去兜风,只不过是想逃离佳恩这个妹妹罢了。

"姐姐,快来这儿。"

广涵叹了一口气。她想回家,不想陪佳恩玩儿,但她又不想让佳恩发现自己的小心思。

"一个人干吗呢?"

"堆沙子呀。"

广涵面无表情地拿起了铁桶。

"我去给你装水来。"

佳恩用沾着沙子的双手托着下巴，笑着摆出花的造型。"姐姐是看我漂亮才给我装水的吗？"

广涵扑哧笑出声来，点了点头，走到水管边接水。佳恩每次说自己漂亮的时候，眼睛总是忽闪忽闪的，不知道是不是因为上眼皮比较厚，看起来十分可爱。

广涵和佳恩用手将铁桶里的水轻轻地洒在沙子上。打湿了的沙子比干燥时更易成型。佳恩将打湿的沙子装进牛奶盒里按紧压实，再倒出来就成了一堵堵坚固的沙墙。她将沙墙垒好，在墙间的缝隙也填上湿沙子。

"今天这是做什么呢？"

"我要盖一间自己住的房子。"

"自己住的房子？"

"嗯，只邀请姐姐你来。"

"为什么只请我呢？哥哥不行吗？"

"哥哥都不疼我的。"

佳恩使劲摇了摇头，像是不愿意想到这些似的。这一摇头，佳恩的发带滑了下来。佳恩不停地用小臂去蹭，希望能把发带重新弄上去，沾在佳恩双手上的沙子随即向四方飞溅。

广涵用手背擦掉脸上沾的沙子说道："我来给你弄吧。"

广涵用铁桶里的水洗了把手，帮佳恩把滑落的发带固定好。

"怎么样，好看吗？"佳恩问道。

广涵想了一下，是该照实说不太好看，还是该说有点儿可爱呢？回答不好的话佳恩可能会生气的。仔细想了想，广涵还是用提问代替了回答。

"你怎么总是问漂不漂亮呢？"

"哥哥他从不说我漂亮。就算不是真心的，夸一句我漂亮又不会少块肉。"

"只是嘴上说好看也行吗？"

"嗯。一句话而已，又不花钱。"

广涵虽然讨厌说谎，但既然佳恩说不是真心的也没关系，她还是夸了佳恩一句："真好看。"

话刚说出口，广涵的脸就红了起来。为了不让别人发现自己已经通红的脸，广涵紧紧地低着头。但是佳恩毫不在意，拍了拍手掌上的沙子，把手伸进兜里掏出了一样东西。

"姐姐，吃这个吧。"

广涵的手掌上多了几块小糖果，花花绿绿的包装纸在阳光下闪烁着光芒。广涵剥掉绿色的糖纸，将糖果放进嘴里。瞬间青葡萄的味道在口腔内扩散开，广涵不自觉地露出了微笑。不知怎的，此时的佳恩竟也有些好看了。广涵一边将糖果含在嘴里慢慢溶化，一边心里默默地想：刚刚夸佳恩漂亮的那句也不全是假话啊。

正说着话，沙墙开始倒塌了。佳恩用手轻轻地洒着水，想要让沙墙重新黏合到一起，但沙墙却更快地塌了下去。

"呜呜，好难过呀。怎么老是不行呢！想成功一次好难啊。"

这时，成浩又吹着口哨出现了。他悠悠地掠过佳恩和广涵的身边，又坐到了跷跷板上。游乐园里再次响起跷跷板一上一下的咚咚声。

广涵又从坑里抓了一把沙子堆到沙墙上。如果垒得更厚一些，是不是倒塌的速度也会慢一点儿呢？这时，坑底不知道是什么东西碰到了广涵的手指，发出窸窸窣窣的声响。广涵抓住露出来的部分，把那东西拉了出来，是一个跟手掌差不多大小的信封，外面还用塑料封皮套着。信封

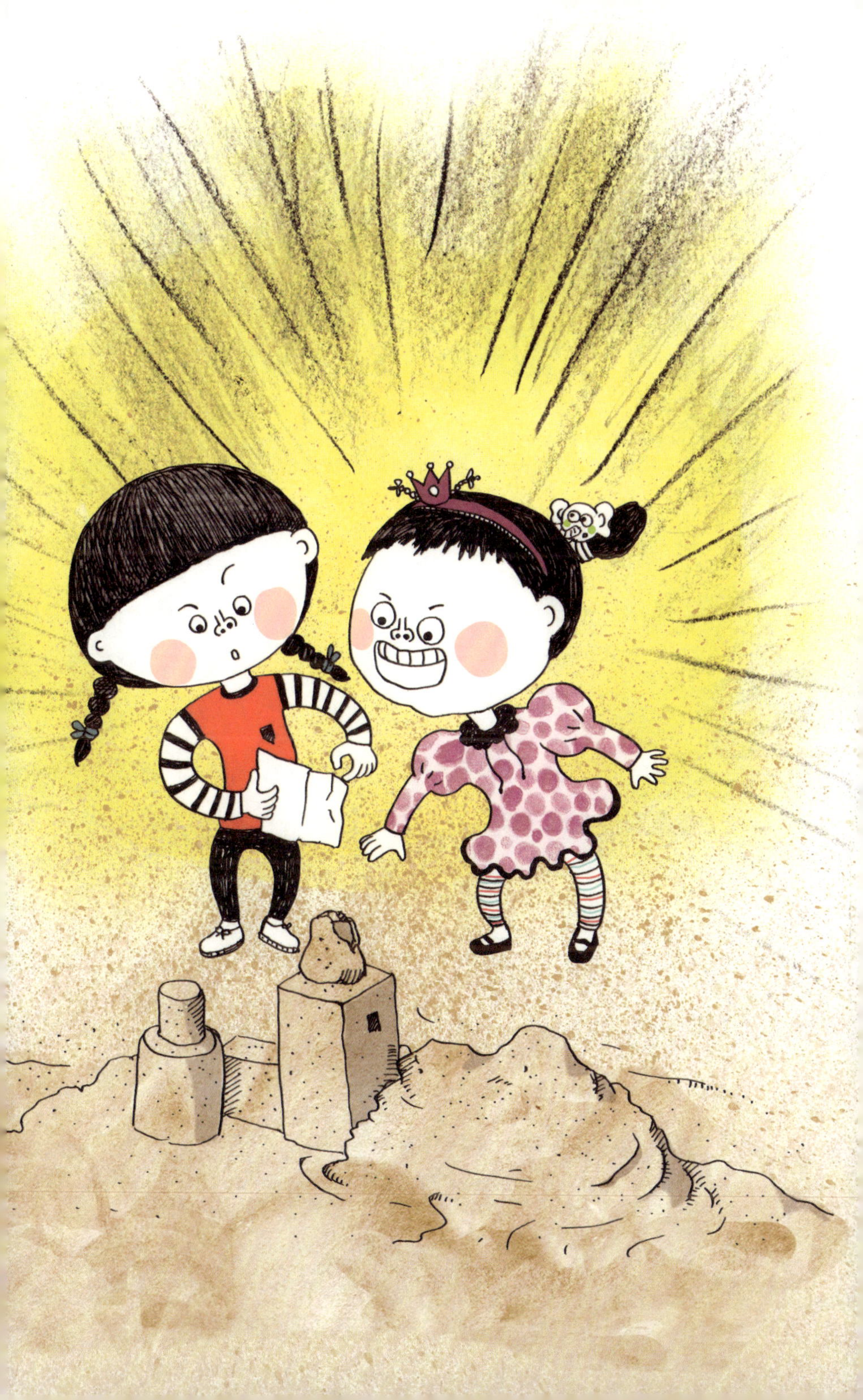

邀请

上的字迹被沙石磨损,已无法认清。

"这是什么呀?"

"好像是封信。第一个字像'邀',其他的就看不清了。"

广涵和佳恩将头靠在一起,仔细地看着信封上的字迹。

"邀请信?幺幺零?"

佳恩努力地猜测着信封上写的是什么字。广涵则被逗得哈哈大笑。

"什么?幺幺零?哈哈哈。"

广涵这边正笑着,咚的一声,跷跷板那边停了下来。成浩走了过来,留心地观察起信封。

"真的看不清啊。你打开看看。"

广涵也想打开信封看看,但一直打不开。竖着、横着,从上面、从下面,各个角度都试过了,就是撕不开。广涵想要找到一处较薄的地方下手,于是把信封举了起来对着太阳。信封里像是有一张厚厚的纸,更让人好奇了。埋在游乐园沙地里的信,简直就像是藏宝图,让人心脏止不住地怦怦直跳。

"我拿去剪开吧。"

佳恩拿着信封跑向了游乐园附近的小超市。广涵一时竟有些羡慕佳恩,她对这一片的超市还不太熟悉,虽然也去过几次,但每次都是买完东西就急急忙忙地跑出来,生怕阿姨找她聊天。就算不是这样,广涵也不喜欢在外人面前表现自己。因为害羞,广涵从不举手回答问题或是表达自己的意见,这些事会让她非常尴尬。她就算不喜欢也不会表现出来,喜欢的事也不会刻意地去表达。正因如此,她非常羡慕佳恩能够心里怎么想就怎么做,也很喜欢这样的佳恩。

没过多久,佳恩就拿着上端整整齐齐裁掉的信封跑回来了。信封里装着一封对折了两次的信,纸张很光滑、很厚实。

想建造出漂亮的房子吗？

欢迎您来"神秘小屋"做客

发现这封邀请函的您
将成为神秘小屋的终身免费客人

广涵刚把信上的内容读给佳恩听，佳恩就鼓起掌来。

"哇，终身免费客人？姐姐，真是太好了！"

成浩没好气地说道："也得知道在哪儿才能去啊。终身免费又有什么用呢？如果在别的社区、别的国家不是就去不了了吗？拿来给我看看。"

广涵看着信背面的图画摇起了脑袋。一般饭店和博物馆的小册子上都会有路线图，但是这封信上却没有，只留下了一行文字，光看这行文字根本就不知道神秘小屋到底在哪里。于是广涵乖乖地把信递给了成浩。

看到信的成浩叫出声来。"老虎岩旁边的松树林？我知道是哪里了！"

"你知道?"

"哎呀,你肯定不知道。你才搬过来几天啊。"

广涵点了点头。"老虎岩旁边的松树林"这段文字的下面,还写着开场的日期。

"不就是今天嘛!"

"今天?那我们现在就过去吧,哥哥。"

成浩摇了摇头。"不太好吧。邀请函只有一张,这是广涵发现的,只有她是免费。我可没钱。"

"我也没钱……"

成浩把信还给了广涵。

广涵将信紧紧握住。如果是刚开张的或是迁址的店铺,总会举办各种各样的活动来吸引人气,更何况是神秘小屋呢?那里应该会有特别的开张纪念活动吧。那样的话,其他孩子也会去,也许能交到新朋友呢。真的好想去啊!但是她一个人却找不到在哪里。

广涵仔细地想了一会儿,突然举起手说道:"这里没有写只有一个人能免费!"

"什么?"成浩眨了眨眼睛。

广涵咽了一口口水。虽然不能确定自己说的到底对不对，但还是想坚持自己的看法。

"虽然信封是我发现的，但是我一直打不开，很可能就直接扔掉了。就算打开了我也不知道是哪里，也没法找过去。但是佳恩她打开了信封，成浩你知道这里的位置，我觉得我们三个人都有被神秘小屋邀请的资格。"

广涵不管怎样都想要去神秘小屋。就算是要和佳恩、成浩一起去，那也没关系。

佳恩原地跳了起来。看到佳恩这副模样，广涵忍不住嘴角悄悄地上扬，心情也跟着一起变好了。

"好，那就一起去吧。"

成浩在前面带路。佳恩将铁桶里的水都倒掉，挎在胳膊上，牵起广涵的手跟在后面。

广涵一行人穿过住宅区，走过一排排日本晚樱树下的羊肠小道，爬上了后山。这是广涵第一次从这儿走。自从搬到这儿后，她除了去学校、家和游乐园，从不轻易走陌生的路。

但在以前住的社区，就没有广涵不知道的地方。在之前的社区，超市的阿姨每次见到广涵都会夸她长得真快，还总会提起她穿着尿不湿到处跑的儿时旧事。蔬菜店的叔叔见到广涵总会让她代向妈妈问好。从小一起长大的社区里的朋友们，从广涵不起眼的一个动作都能够看出她的心情如何，但现在的社区却没有这样的人。因此广涵更想去神秘小屋看看，搞不好在全新的地方还能交到喜欢的朋友。

"真的是这条路吗？"广涵紧紧握住佳恩的手说道。

"没有我哥哥不知道的地方。他不带我，自己一个人也去过很多地方。是吧，哥哥？"佳恩讨好地说。

成浩没有回答，只是耸了耸肩，继续往前走。广涵边走边盯着成浩，虽然两人是同班同学，但在学校里却不太熟。其实广涵还讨厌过成浩。转学来的第一天，广涵正在往储物柜里放书，成浩抓住广涵的头发狠狠地一拽。广涵"哎呀！"一声叫了出来，摔倒在地上，止不住地抹眼泪。班上的同学都觉得成浩做得太过分了，找他理论，他却说只是想要变得亲近，将这事搪塞了过去。

广涵每次在游乐园见到成浩都会想起被拽头发时的疼痛，心情也变得很差。更过分的是成浩从未就这件事向广涵道过歉，让人更加生气。

但是在游乐园遇到的成浩却像是另一个人，虽然说话的口气听起来不太舒服，但是妹妹佳恩在玩耍的时候总是在一旁看着，佳恩缠着他帮忙的时候也都一一应允。这样的成浩看起来竟有几分稳重。因此，广涵也就半信半疑地跟着成浩出来了。

爬上低矮的山坡，路开始变得宽了起来。成浩指了指山坡顶上的最高处。那里有一块条状花纹的巨大石块，看起来就像是一只老虎趴在那儿。

"那就是老虎岩，从那儿再往前走一点就是松树林了。那片松树林里有一大块空地，有一间好几年一直在施工的房子。应该就是那里了。"

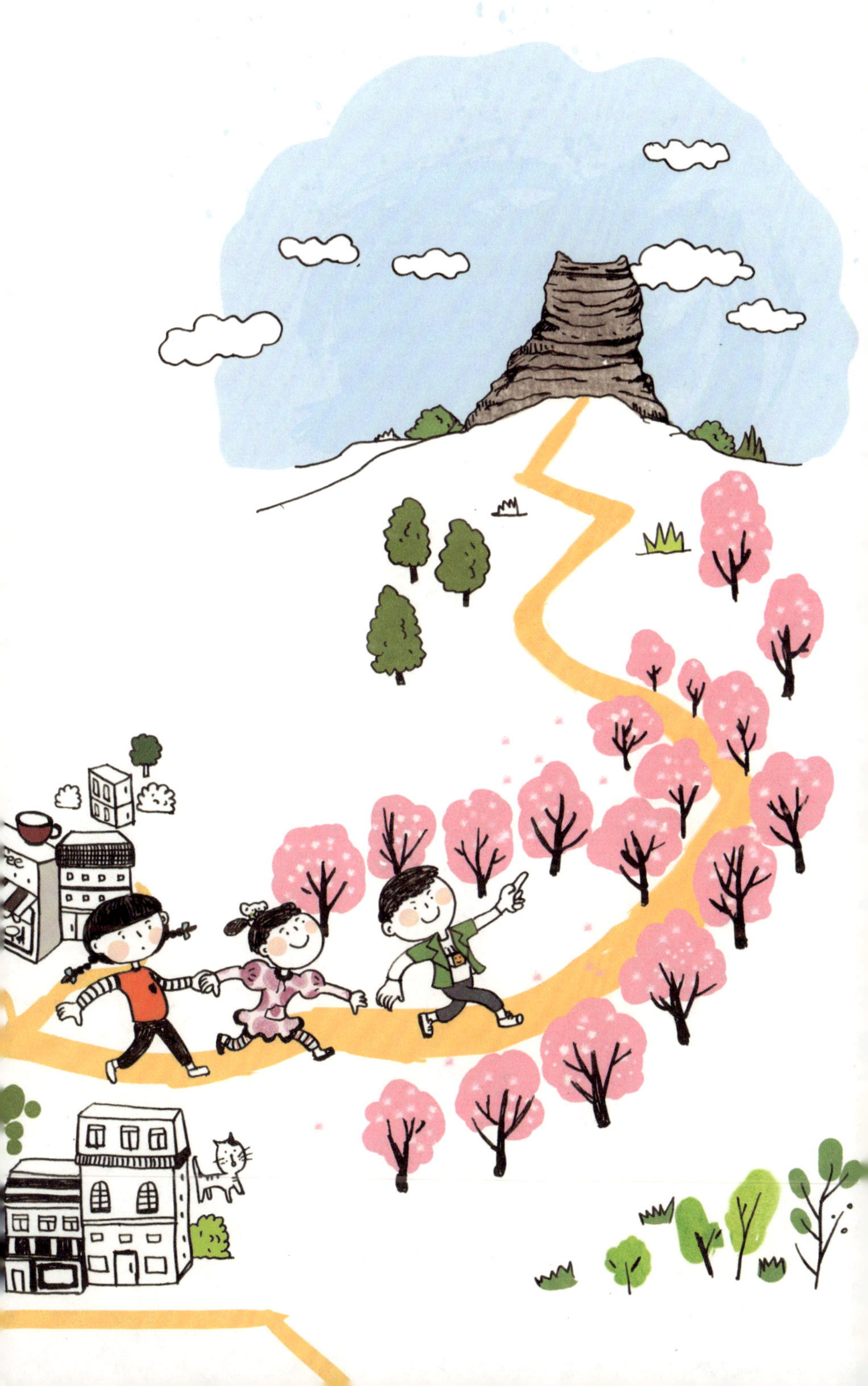

成浩快速地向前走去,跟在后面的佳恩和广涵也加快了脚步。很快,成浩就已经翻过了山丘,佳恩和广涵则在老虎岩的前面停下了脚步。

"真的好像老虎,是吧,姐姐?"

"是呀。你看那个洞,就好像眼睛一样。这石头真的好神奇啊,佳恩你也是第一次见?"

"不是第一次,之前好像有见过。我也不怎么来这边,还是游乐园更有意思。有一次跟哥哥一起来这边,他只顾着自己去爬树,我就迷路了,瞎转的时候看到过。那一次我俩都被妈妈骂惨了。"

翻过山丘,右边是一片松树林。透过松树间的缝隙能够看见一座很大的房子。

"就是那儿了!"

前方带路的成浩已看不见人影,只听见他的喊声。广涵牵起佳恩的手跑了起来,虽然心里想着再快一点儿跑过去,但是无奈佳恩还牵着她的手,没法跑快。

房子的外形好像一只趴下的老虎,有个人坐在老虎的背上,咧开嘴大笑,那表情就像是拥有了全世界似的。

"长得跟老虎似的。"

"是啊。那个人长得像成浩。"

听到广涵的回答,佳恩扑哧一下笑出声来。

走近一看,老虎的身上挂着一块巨大的招牌。

神秘小屋
有趣的盖房子体验就在这里

"神秘小屋。""有趣的盖房子体验就在这里。"广涵和佳恩各自出声读出了招牌上的字。不是来欣赏已经建好的房子,而是亲自动手盖房子,很特别啊。

先到的成浩围着房子转了一圈,向这边走过来。

"那边有售票处。邀请函带来了吧?"

广涵从口袋里掏出邀请函向他摇了摇。三个人走向了老虎尾巴位置的一扇小窗户。隔着窗户,可以看见售票处里面,有一位大叔戴着安全帽坐在椅子上,有一些卷发从安全帽的边缘露了出来。大叔背后的墙上全都是小小的

神秘小屋

抽屉。

"欢迎光临。是第一批客人呢，三个小孩，门票的价格是……"

这时，广涵将邀请函递了过去。

"哦？原来找到了邀请函啊！是你们三个人里谁找到的？"

广涵摇了摇头，比画了三根手指。

"是我们三个一起找到的。这里不是写着终身免费入场嘛，所以我们三个是可以终身免费参观的吧？"

佳恩一五一十向大叔解释，邀请函是广涵找到的，信

封是自己打开的,而这个地方只有成浩知道具体位置,如果没有三个人的通力合作,是没有办法找到这里来的。大叔听了佳恩的解释,不住地点着头。成浩特意强调,这么偏僻的地方没有他是很难找到的。三个人就盯着大叔一直看,这是成为神秘小屋终身免费顾客的绝好机会。

大叔笑了起来。"知道了。算你们三个都是吧。我在盖这座房子之前先建了那处游乐园,那时候我就想着要盖这座神秘小屋,所以在那儿埋下了一封信,你们运气好给找着了,还恰好就是在开张的当天。确实不简单啊,厉害呀,李先生,啊哈哈哈!"

广涵扑哧一笑。这是她第一次见大人这么夸自己。

广涵又再次确认。"我们真的可以终身免费入场吗?"

"是的,既然说好了就要算数。欢迎你们来神秘小屋,我是李先生。"

刚说完,成浩和广涵就笑出声来。佳恩不知道他们俩为什么笑,一脸疑惑地望向他们。

"啊,所以大叔你就是李先生啊。这间房子不是什么秘密小屋,是大叔你的家吗?"

听了成浩的话,大叔轻轻地摇了摇头。

"这里就是我——李先生盖的神秘小屋①。这可绝不是普通的房子,这里一次是根本看不完的,光房间就有120间。"

广涵张大了嘴,成浩和佳恩也是相同的反应。房间竟然有120间!这样的房子闻所未闻,见所未见。

"唉,大叔你撒谎的吧,这房子比我们学校还小,怎么可能会有120间房呢?"

成浩发出了一声冷笑。大叔一脸严肃地回答道:"地下3层,地上7层,一共是10层。但是有些地方是复式,所以其实根本不止10层。我为特殊客人准备了礼物,不过只有一份……你们等我一下。"

大叔在抽屉里翻找着。过了好一会儿,他拿出了一枚纪念币。纪念币正面是神秘小屋的图案,反面铸有"神秘小屋"的字样。

"看着不怎样,但这也是特制的纪念币啊,世间仅此一枚。我都没想到它还能派上用场。又不能因为来了三个客人就把一枚纪念币掰成三份,你们也想想看怎么才能表

---

① 在韩国语中,"李先生"与"神秘"同音。——译者注

明你们特殊客人的身份。"

成浩瞄了一眼大叔,问道:"今天确认是开业的日子吗?怎么一个人都没看到?不会是进去这里面就不让出来了吧?"

"你怎么说这种话呢。我印了宣传用的传单,但是印刷机出了点儿问题,要几天后才到。所以只是宣传没到位而已。今天已经开张了,快点儿进来吧。你们不但终身免费,还是第一批客人呢。"

大叔打开了售票处的门,随着他将由抽屉组成的墙面推向右边,一个掩着黑色窗帘的入口出现在眼前。

"来,进去之前都戴上这个。"

大叔给每人发了一顶安全帽。佳恩略显生疏地戴上了安全帽,大叔为她系好了安全帽的带子。广涵和成浩也紧跟着戴好了安全帽。

"那个铁桶就先交给我吧。"

听了大叔的话,佳恩犹犹豫豫地将水桶交了出来。

"确定会还给我的吧,大叔先生?"

"哈哈哈,竟然叫我大叔先生!我是李先生。"

"不管怎么样,一定要还给我。"

大叔用力点了点头,像是在告诉佳恩相信他就对了。

"来,注意听神秘小屋的规则。所有的房间里都摆放着建筑材料,同时也记录了如何使用这些材料盖房子的方法。动手过程中,如果有不明白的或者有事找我的话,按红色按钮就行了。今天只有我一个人,明天开始会有人来帮忙的。"

三人一起点了点头。

"欢迎来到神秘小屋。"

大叔掀开窗帘走进去的那一瞬间,佳恩欢呼着冲在了最前面。成浩想要伸手拽住佳恩,却被眼前的景象吓到,停了下来。广涵也被吓到了,用颤抖的声音问大叔:"大……大叔,这些都是什么呀?"

里面有好几扇门,都是没见过的样式。

建筑工程学是什么?

建筑是什么?

建筑指的是用多种材料和技术来建造房子或者建筑物。建筑是由"建"和"筑"两个字构成的。建筑的英文"architecture"是由表示"大、第一、成为第一、首领"的前缀"archi"和意为"技术"的词干"tecture"组成的合成词,意思是"所有技术中第一位的"或者"宏大的技术"。

建筑并不仅仅意味着建造建筑物,建筑还可以是精美的艺术。举个例子,工厂或仓库是出于实用目的而建,美术馆和博物馆则充满艺术的意味。天主教堂和基督教堂等建筑则带有宗教的意义。

建筑工程学是一门什么样的学问?

建筑工程学是学习建筑的设计和结构、环境设备、施工与养护管理的学问。要建造一栋建筑物,结构如何划分,使用哪些建材,与周围环境是否适应,要使用哪些技术,这些都必须考虑到。研究这些领域的科学就是建筑工程学。我们常常会认为建筑学负责设计,而建筑工程学则负责根据设计来实际建造等技术性问题,但事实上将建筑学和建筑工程学进行明确的区分并不容易,特别是近来超高层建筑的不断增加,建造它们要远远比建造一般的建筑更危险、更困难。在一分钟内能上 77 层的超高速电梯,能抵御灾难和自然灾害破坏的超级混凝土——,为了支撑住超高层建筑的高度和重量,从设计到施工的各个环节都必须不断地进行新的尝试,接受新的挑战。

因此,不能说建筑工程学仅仅停留在技术层面上。

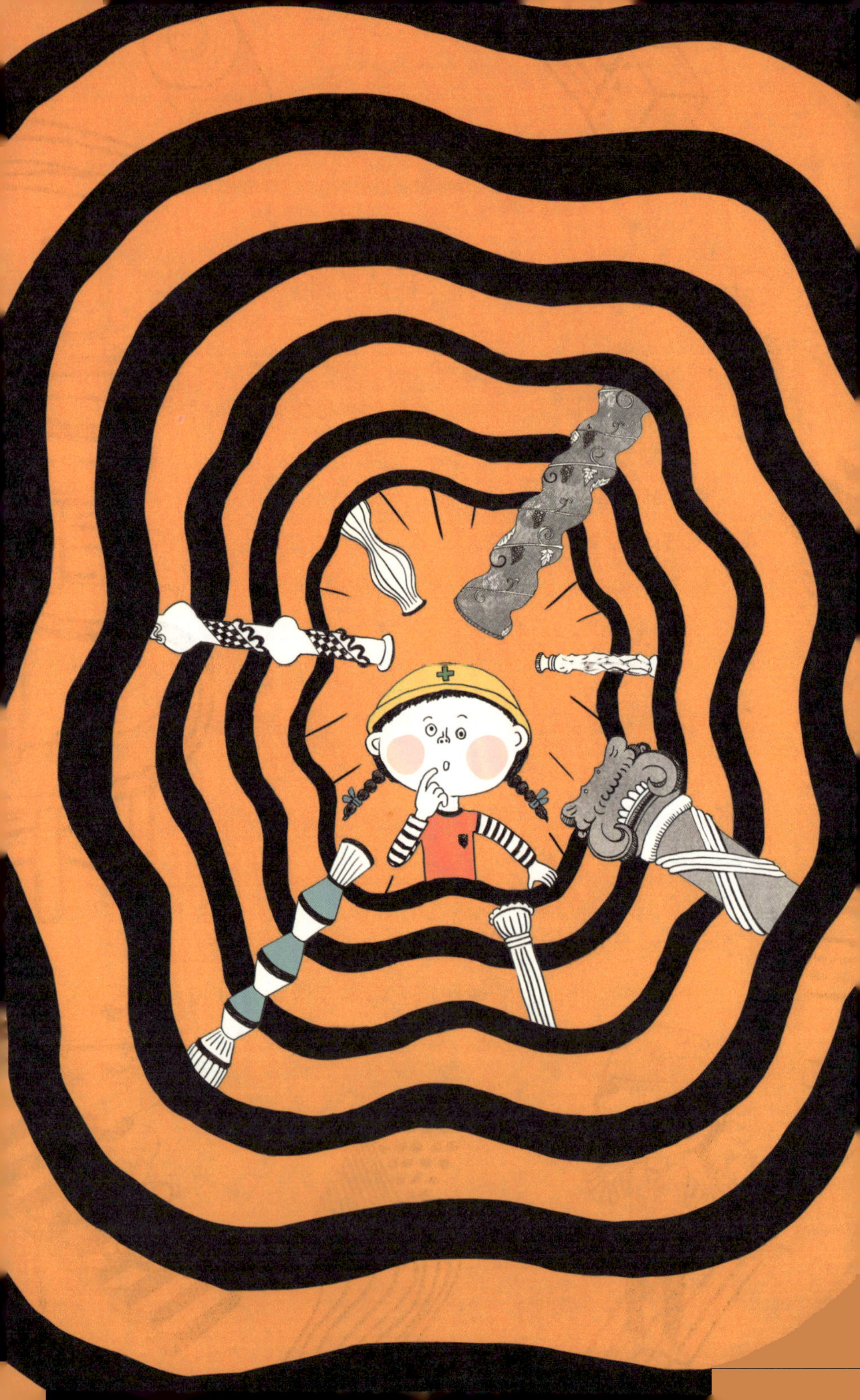

第2章

看不见的柱子

广涵的眼前出现了三角形、圆形、矩形等五扇形状各异的门。每扇门上悬挂的装饰也各不相同。

"大叔,这些门真的能打开吗?"

佳恩在门前走来走去,摸了摸门把手。大叔点了点头。

"这些门在整栋房子中相当于老虎尾巴。从不同的门进去会有不同的体验。"

成浩开口问道:"怎么个不同法呢?"

"现在,先听我来介绍一下神秘小屋吧。之前说过这里是盖房子的地方，房子呢，既有我们平时住的普通房子，也有像高楼大厦一样的大房子，还有像博物馆一样给文物住的房子。房子不是一朝一夕就能建好的，采用不同的建造样式和建筑材料，盖出来的房子也会不同。"

佳恩像是听到了什么吃惊的事，眼睛睁得大大的，问道："大叔，难道你是魔术师吗？"

"不是，我就是一个建筑工程师，说简单点就是个盖房子的人。我是盖学校和公司的大楼的，博物馆我也能盖。因为我想把之前盖房子过程中经历的事分享给大家，才建了这个神秘小屋。"

大叔的话正中广涵下怀。除了能盖人住的房子，还能盖文物住的房子和像高楼大厦那样的大房子，这多有趣啊。但是广涵却很讨厌现在住的令人郁闷又陌生的房子，她开始认真思考自己想盖的房子到底是什么样的。

佳恩向大叔那边走过去。

"大叔，我想盖一间很酷的房子。用沙子做的房子总是会倒，用砖块垒的房子又太像玩具了，我都不喜欢。我想盖真的房子，一间我住的房子。"

看到佳恩说出这样坚定有力的话，大叔的嘴角露出了微笑。

"是吗？将来要成为建筑工程师的人原来在这儿啊。你叫什么名字？"

"我叫崔佳恩，我哥哥叫崔成浩，这位姐姐叫宋广涵。"

"好呀，佳恩，那就由你来选第一扇门吧。你想打开哪扇门？"

佳恩仔细地查看每一扇门，握住了门把手又松开，一边摆弄着门上的装饰，一边将耳朵贴在门上听有什么动静。

"我就进这一间。"

佳恩用手指的门长得像是一棵大树，还有各种形状的棍子向外面伸了出来。粗的、直的、弯的、鼓起来的棍子，密密麻麻把门都填满了。

"挺会选的啊。这是'用柱子建的房间'。"

听大叔这么说，成浩哈哈大笑起来。

"房间的名字太奇怪了吧，呵呵呵。"

"所以才叫神秘小屋啊。虽然单看每一间房是有些奇怪，但只要好好地组合到一起，就能建造出一座像模像样的房子。"大叔非常认真地回应了成浩有些调皮的话。

"这样说起来，建筑是什么呢，大叔？"佳恩也提问道。

"建筑是用各种材料建造建造物或者构筑物。佳恩，你想盖的房子也可以称为建筑物。"

"啊哈！"

本来广涵也想问，多亏了佳恩，她的好奇心得到了满足。广涵没有说谢谢，而是轻轻地抚摸了一下佳恩的肩膀。佳恩甚至都没感觉到广涵的这一动作，只是紧紧地抓着门把手，望向大叔。广涵也跟佳恩一样，只想快点儿打开门进去。

"那咱们准备进去吧。"

佳恩抓住门把手拉开门。成浩抢着从门缝里钻了进去，佳恩和广涵紧随其后。

进到房间里，就看到各式各样的柱子支撑着天花板，有的直，有的弯，有的上面还装饰着华丽精美的花纹，有用铁做的柱子，也有用木头或石头做的，有数十根，密密麻麻地填满了整间房，就好像是来到了柱子森林里一样。

佳恩撒了欢儿地向前跑去。

"来找我啊！"

成浩也跟着她跑了起来。

"小心藏好，别让我看到头发。"

佳恩边跑边放声大笑，笑声和脚步声混在一起，听起来像有好多人一样。

"也快点儿来找我吧！"

广涵也跑了起来。佳恩跑向右边，广涵跑向左边。

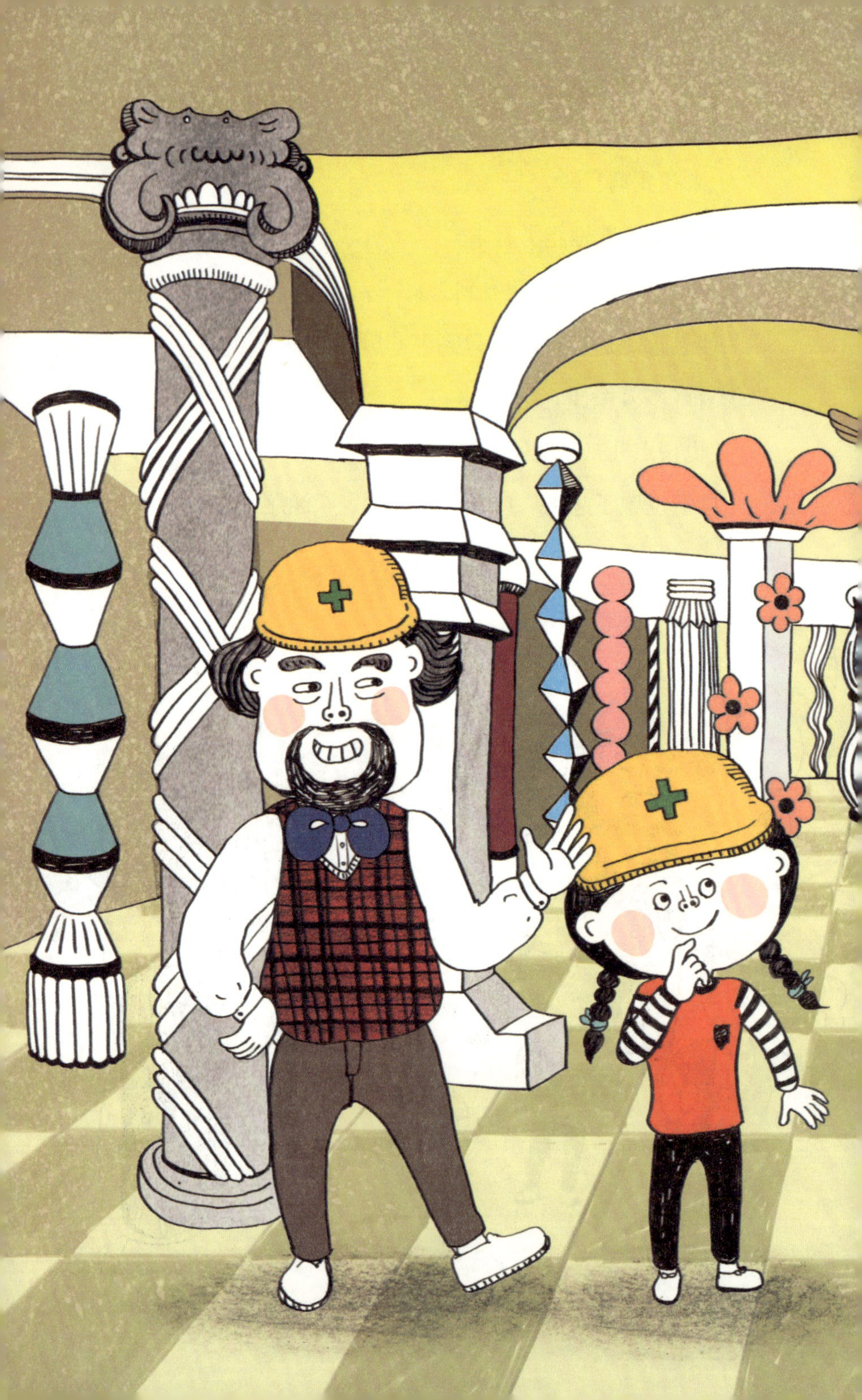

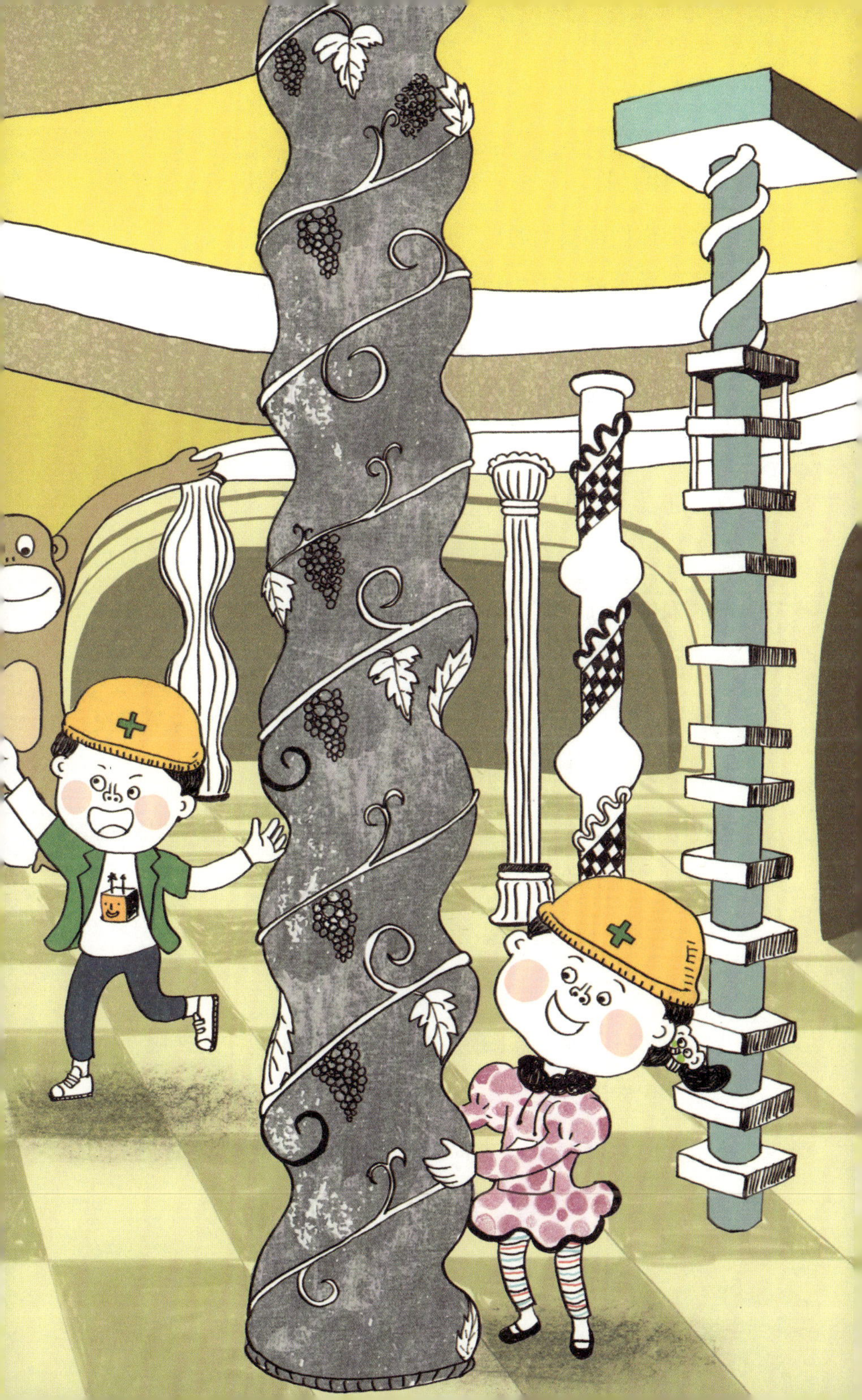

"什么呀，两个人都跑了！好，那就快点儿藏好吧，我会把你们都找到的！"成浩的声音从远处传来。

广涵听着三人发出的脚步声，想起了从前和朋友们一起玩耍的日子。窄窄的巷子里，小伙伴们互相追逐，边跑边闹。有时过了许久才找到对方，大家便会一起放声大笑起来。尽管没有什么特别好玩的东西，但只要和朋友们待在一起，一天的时间转眼就过去了。

广涵躲到了石柱后面，这让她想起了曾经躲在学校操场的铜像后面，等朋友从面前经过时吓他们的事情。趁成浩不注意躲到砖头柱子后面的时候，广涵又想起了之前住的房子，可能柱子都比较相似才会这样吧。但是等第三次藏到木头柱子后面的时候，奇怪的事发生了。

刚靠到柱子上，地面突然升腾起一缕缕热气。耳边随之响起了熟悉的声音。

"广涵，快来这儿。不是说要洗头吗？"

这是外婆的声音。

广涵用力揉了揉眼睛，刚刚还在的那些柱子转眼消失得无影无踪。外婆从一口大锅里舀出烧开的水装进盆里，还朝着广涵招手让她过来。小时候的广涵嘴里不知嘀咕着什么，朝外婆走了过去。

"我还没有这样洗过头发……"

"这样洗怎么了？我觉得挺好的。"

广涵看着小时候的自己气鼓鼓地嘟着嘴，蜷坐在院子里。外婆将热水缓缓地浇在广涵的头发上，再用毛巾将打湿的头发包起来。既不用洗发水也不用护发素，只用肥皂洗过的头发硬邦邦的，不容易弄干。在等头发干的时候，广涵和外婆一起坐在炉灶前吃着烤红薯。

"我们广涵长大了要像檐廊一样做一个心胸宽广，有涵养的人。"

"檐廊？那是什么呀，外婆？"

"檐廊就是别人来家里的时候可以坐坐的地方，坐在那里不是还可以晒太阳吗？从檐廊看过去，房子会显得特别宽敞。这个院子，那座山，看起来都像是我们家的。"

广涵被外婆的话逗得咯咯笑，想着这根本就说不通。檐廊不就是檐廊吗，并不会觉得山和院子都成了自家的东西。外婆老是叫广涵"檐廊"，还告诉待在房间里百无聊赖的广涵要多出去晒晒太阳，要到处多走走。但是外婆去世后，那座房子就被卖掉了。从那时起，广涵也就失去了可以坐着休息的檐廊。这些事早已被广涵忘得干干净净。

"找到了!"

成浩拍了一下广涵的胳膊。广涵这才反应过来,她竟没有注意到成浩是何时靠近的。广涵眼前出现的外婆、小时候的自己和外婆家的院子一眨眼便消失不见了。广涵呆呆地从柱子后面走出来。紧接着,佳恩也被成浩抓住了。但是佳恩也跟广涵一样,像是丢了魂儿。

"干吗发呆呀？"

"哥哥，你还记得我跟你走散的那天吧？"

"啊，那天我不是找不到你了嘛。明明让你待在原地不要动，你偏偏跑去了别的地方。"

"哥哥，你在树上也看到了花瓣像雨一样落下来了吗？"

"什么？你怎么知道的？我没跟你说过啊。"

"那个时候，花瓣雨一直飘到哥哥你坐的那棵树下了吗？"

"是呀。你是不是哪里不舒服呀？你这是突然有了读取别人记忆的能力吗？"

虽然成浩觉得没什么大不了的，广涵却一脸认真地问佳恩："佳恩，你也经历了过去记忆中的事吗？"

"姐姐你也是？"

广涵和佳恩找到了大叔。大叔穿过林立的柱子，慢慢地向这边走来。

"大叔，那个柱子有点神奇。"

"不对，是很奇怪。靠着柱子的话就会想起以前的事。我想起了原来乡下的外婆家，佳恩记起了跟成浩走散了，

39

在树林里游荡的那天。"

大叔圆圆的眼睛睁得老大。

"真的？这事还真是很神奇啊，我都不知道。我什么都没做，大概是因为在你们的记忆里，柱子扮演了很重要的角色。"

大叔称自己并不知情，但广涵并没有因此而释怀。自己想起的是曾经亲身经历的事，而佳恩回想起的却是成浩目睹过的场景。

"你真的不知道这是怎么回事吗，大叔？"

"我真的不知道。对了，你们来这边。"

大叔嗖的一下转过身，像是不想继续这个话题。

佳恩悄悄对广涵说道："姐姐，是我很奇怪吗？"

广涵抱了抱像是因为害怕而微微颤抖的佳恩。

"不是的，我也一样。等一下我们让成浩躲起来看看，那样我们就能知道这个房间有什么秘密了。"

佳恩的表情这才明朗起来。广涵紧紧握住佳恩的手，往成浩和大叔那边走去。

在密密麻麻排列的柱子旁边有一张很长的桌子。桌子旁边低矮的橱柜里，每一格都摆放着柱子模型，弯弯曲曲的，凹凸不平的，像啤酒肚一样中间突出来的，各式各样；材料也都各不相同。成浩把摆放整齐的模型一个个拿出来，仔细地观察。

"来吧，这次我们来试试这根柱子？"

大叔从橱柜里取出了四根长得像大写英文字母"H"的柱子。

成浩先拿来一根柱子抓在手里，广涵跟佳恩也各自拿了一根。

"第一次看到长成这样的柱子。"

成浩将柱子横着拿在手里，用手指戳了戳侧面。

"我也是。看起来像是铁做的，还以为很重，没想到却很轻啊。"

广涵用手指把玩着柱子，感觉一用力的话，柱子就会弯折或断裂。

"大叔，这难道是纸做的吗？"

大叔摸了摸佳恩的头。

"佳恩说得对，这就是用纸做的柱子。"

话音刚落，不光是说对了的佳恩，就连成浩和广涵也一起反问道："真的是纸吗？"

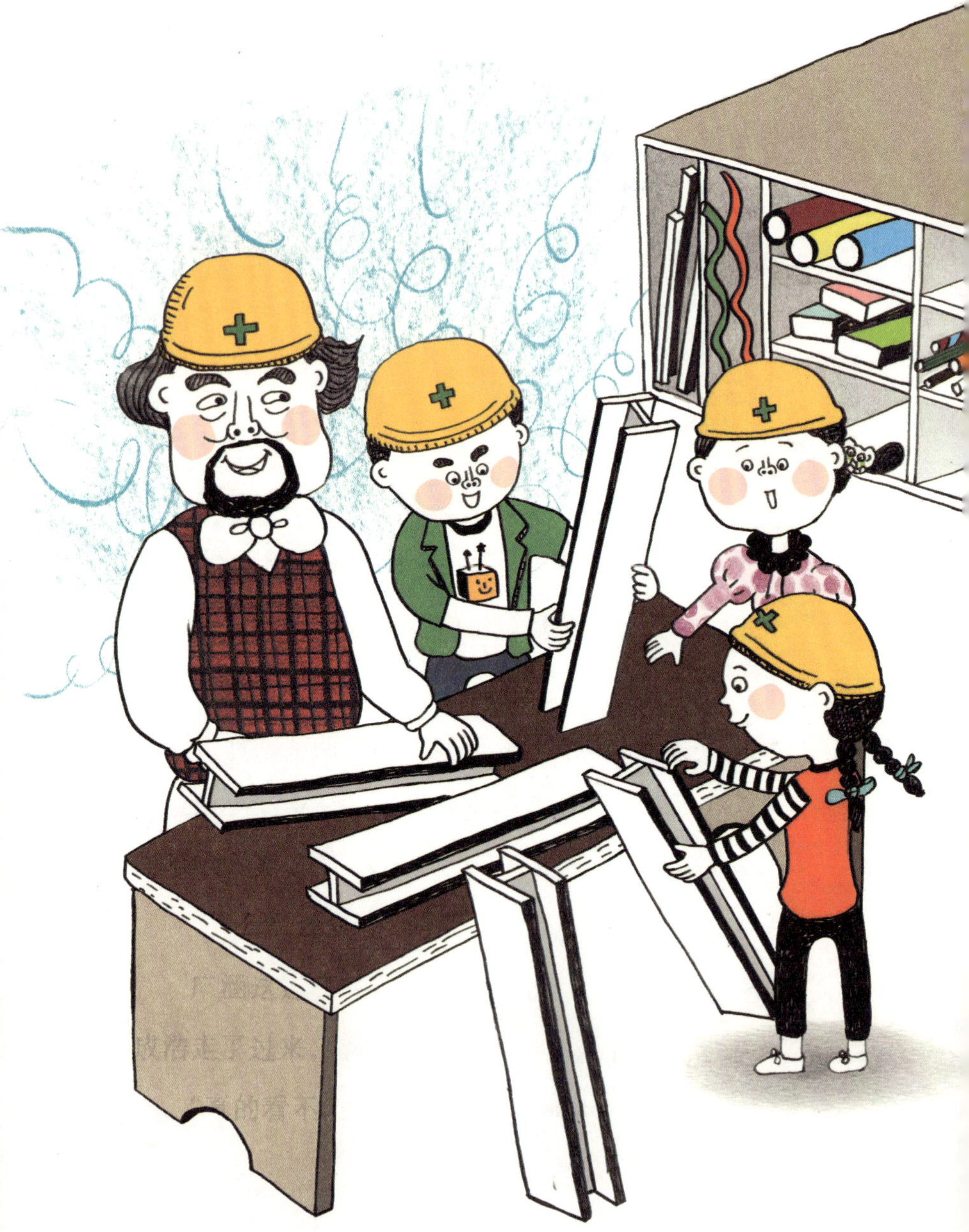

"天啊,纸也能做柱子的吗?"

大叔忍不住大笑。

"纸也能做柱子。来,看好了。"

大叔把四根纸柱子放到地上。地面上本来有个凹槽,刚把柱子插进去,凹槽就把柱子包裹住,形态也发生了变化。广涵和成浩盯着这根神奇的柱子看,佳恩则贴着地面趴下,一边抚摸着凹槽一边问道:"好像有点儿软乎乎的,但又有点儿硬。真的好神奇啊,这是什么呀?"

"拿房子打比方的话,这就相当于是柱石,是用来固定柱子用的。你们也看到了,这里柱子的外形都各不相同,但是却没有足够的空间支起多个柱石。所以我才开发了这个,用的什么材料,保密!"

"不是说都会告诉我们的嘛!"

佳恩这里正抱怨着,大叔伸出手挠了挠安全帽缝隙里露出的后脑勺。

"那个……是在实际建筑过程中不会使用的材料,况且现在还处在实验阶段,不太方便说。而且这里不是神秘小屋吗,总要留下点神秘的东西吧。"

成浩把还趴在地上的佳恩拉了起来。大叔把四根柱子都插好后，在上面放上了一块木板。

"佳恩，你要不要上去试试？"

"嗯？是让我站到纸上面吗？"

"对。"

"不要，我害怕。"

佳恩直打哆嗦。大叔又直勾勾地看着广涵。

"我……我吗？"

"怎么了，你也害怕吗？"

广涵握紧了拳头。成浩向大叔发问："大叔，要是弄伤了广涵，你负责吗？"

"当然是我负责了。孩子们，这柱子不是也不高吗？如果是碰一下就倒的柱子，我又怎么会让你们上去呢？我也不希望这里才开张就得关门。"

大叔再次向广涵招了招手，那手势像是说服广涵相信他似的，带着几分确信。广涵紧握着拳头，将一只脚放到了木板上，一旁的成浩牵住了踉踉跄跄的广涵的手，广涵将另一只脚也放了上去。

木板在广涵踩上去之后还有多出来的空间，柱子也没有塌下去。广涵小心翼翼地试着迈开腿，在木板上走了两步之后，木板依然坚挺着没有倒下。

"哇，真的用纸也可以做柱子啊。还能承受我的体重，挺牢固呢！"

广涵从木板上一跃而下，一把抱起了佳恩。佳恩也慢慢地将脚踩在木板上。看着从木板上下来的广涵和佳恩牵着手一起蹦蹦跳跳，成浩也上去试了试。

"这是怎么做到的呢？"成浩一边从木板上下来，一边问道。

"我说了这并没有什么特别的，就是普通的柱子而已。在你们看来，铁柱子确实结实，但如果只有一根，即使这么薄的木板也没办法支撑起来。反之，就算是纸柱子，如果有好几根的话，也可以支撑起相当重的东西。虽然纸看起来轻薄，但也是可以成为具有强大力量的柱子的。"

广涵出神地望着牢固支撑着木板的纸柱子。一开始还以为只是微不足道的弱小存在，但是没想到却很好地发挥了自己的作用，支撑着木板，连人站上去都不会坏。广涵突然觉得比起自己，纸柱子还要更强点儿。因为广涵平时就觉得自己基本没有几件事能办好。

"之前我盖房子的时候，曾经因为柱子的摆放问题重新施工过。为了让整个空间看起来开阔一些,我去掉了几根柱子。那时候也是稀里糊涂的,比起房子的安全,更看重设计的美观。柱子可不单纯只是托起了它上面的部分,整栋建筑都要靠它来支撑呢。"

大叔刚说完,成浩就摇起了头。

"支撑和坚持,真的好累。"

成浩突然垂下肩膀，露出疲惫的神色。佳恩伸出手肘戳了戳成浩的腰，开玩笑地说道："唉，哥哥你怎么了？这就累了？还有很多都没看呢，打起精神来。"

"我才没有呢！"成浩的嗓门大了起来，"柱子该有多累啊。坚持和苦苦支撑真的很辛苦的。你懂吗？"

佳恩咧嘴笑了出来。

成浩的嗓门变得更大了。"还笑？你这是在嘲笑我吗？"

"我怎么了，我只是觉得哥哥你扯着嗓子喊的样子很搞笑。难道就因为爸爸对哥哥说过，你是家里的顶梁柱才这样的吗？看来哥哥和爸爸都不太清楚呀，没有我在的话，哥哥你不就是个闷葫芦吗？只有我在，爸爸妈妈才会笑，所以可爱的我才是我们家的顶梁柱呀。"

成浩责备佳恩让她以后别说这些不着边际的话。佳恩也毫不客气，反问成浩难道好事都是他做的吗？如果说家里最重要的存在是柱子的话，她认为自己完全也可以承担那样重要的角色。

两人正吵得不可开交，在一旁目睹了这一切的广涵转过身去。

大叔问广涵："你觉得什么样的柱子是好的呢？"

这话像是在广涵的心上扎了一下。

"这里没有那种柱子。"

"是吗？哪种柱子？你说来听听，我给你做。"

大叔弯下膝盖，和广涵保持对视。广涵向后退了一步，她不希望自己的小心思被发现。

突然大叔喊了起来："广涵，小心！"

正一点点向后退的广涵脚后跟碰到了线一样的东西。广涵回头看过去，除了围成一圈的用线织成的围网之外，并无他物，但是后脑勺却感觉碰到了硬硬的东西。

"这……这是什么呀？"

"呵呵，这可是这间房里最独特的柱子。我付出了很多心血打造的看不见的柱子。"

"看不见的柱子？"

"是。这世界上不是有虽然存在但用眼睛却无法看见的东西吗？按钮在哪里来着？"

大叔在什么都没有的地方摸索着，看起来像是摸到了什么圆而细长的东西。广涵也伸出了手，虽然看起来空空如也，但是却摸到了一个冷冰冰、硬邦邦的东西。

"哦？真神奇。看来这儿真的有看不见的柱子。"

"姐姐，我也要摸摸看。"

佳恩用手摸了摸看不见的柱子，成浩也加入进来。忽然一道光一闪，一根光滑平整的柱子出现了，就好像是在面前上演了一场魔术。

"叮！现在能看见了吧？"

"哇！"

"是真的呢。"

成浩和佳恩张大了嘴，很是欣喜。

广涵摸着眼前的柱子小声轻轻说道："你好呀。"

原本看不见的柱子突然出现，大家都觉得无比神奇，不停地抚摸，但是一晃柱子又消失不见了。

"满意了吗？"大叔问广涵。

"是。"

"看不见的并非不存在。对你来说是，对他们也一样。"

这话仿佛就是特意说给广涵听的。

"这是什么意思？"

"很酷吧？我已经想了这句话好几天了，终于说出口了。哇，好开心！"

大叔活脱脱像个开心的孩子，蹦蹦跳跳起来。广涵觉得大叔看似玩笑的话里，有着几分真心。之前害怕被大叔发现自己的小心思而紧张的心情，现在也放松了些。

佳恩走了过来。

"姐姐，来这儿以后你经常笑呢。姐姐笑起来真好看。"

"是吗？佳恩你也好看。"

"真的吗？哥哥你听到了吧？姐姐说我好看。"

成浩像是听到了什么不该听的一样，正准备伸手捂住耳朵，突然又指向佳恩的手，喊了起来："你，为什么拿着那个？"

佳恩的手里拿着一根纸柱子。

"准备拿走留作纪念。"

"不行，快放回去。这样下次才能再来玩啊。你刚刚没听到吗？轻薄的纸柱子只有聚在一起才能支撑起木板，难道要因为你拿走了一根柱子而让整个屋子都塌掉吗？赶紧放回去。"

"不要。我要带走。"

"喂，你这个丑八怪崔佳恩。趁我还没有发脾气，快点儿放回原位。"

生气的佳恩把纸柱子扔在了地上，开始呜呜哭了起来。广涵一时间有些慌张，拍了拍佳恩的肩膀。成浩捡起纸柱子放回原位。

"崔成浩，你话说得太过分了。快向佳恩道歉。"

"不要，我为什么道歉？明明错的就是她。"

"你真的够了。犯了错就要道歉啊，快点儿，成浩给佳恩道歉，佳恩你也向成浩道歉。"

"为什么？就因为我是哥哥？"

"不是，因为你说话太随意了。说错了话做错了事就应该马上道歉。你之前拽我头发的事，不也还没有道歉吗？"

成浩用力咬紧了嘴唇。大叔抱了抱还在抽泣的佳恩，佳恩反而哭得更大声了。

"知道了，我道歉。行了吧？"成浩气冲冲地打开了出去的门。

"那算什么道歉！"

大叔安慰着还在嘟囔的广涵说道："成浩他是不知道

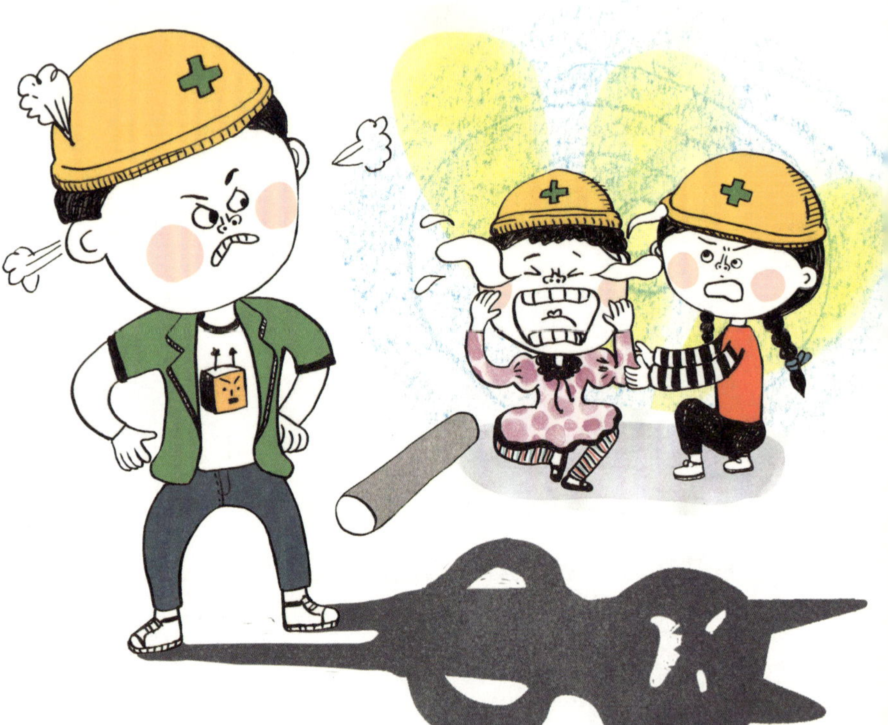

应该怎么道歉。算了，他会明白的。"

广涵后悔将终身免费顾客的机会给三个人一起用了，早知道应该一个人来的。早知道心情会变得这么糟，就不应该来这儿。

设计和设计图

设计应该怎么做？

建筑必须要有设计图。看看我们的房子吧，卧室、客厅、厨房、卫生间，空间多种多样。有分隔这些空间的墙壁，也有支撑整个空间的柱子。为了这些东西能够出现在它们应该在的位置，我们会把整个空间通过图描绘出来，这便是设计图。

建筑设计图十分具体。使用哪些建筑材料，管道如何铺设，通风换气要使用哪些设备，这些都是我们要研究并确定的问题。为了将想法变为现实，建成一座建筑，需要付出很多努力。

环顾一下家里或者学校的建筑吧。窗框和墙壁的材料都不一样。建筑也渐渐变得多样：圆形的房子，半月形的房子，没有墙壁的房子……想要盖好这些房子，必须得用好这些建筑物所需的材料和技术。

建筑工程学不光是设计建筑的结构，还同时涉及材料力学和结构力学。因此建筑工程师需要在施工现场监督管理建筑工人，参与施工的全程管理。

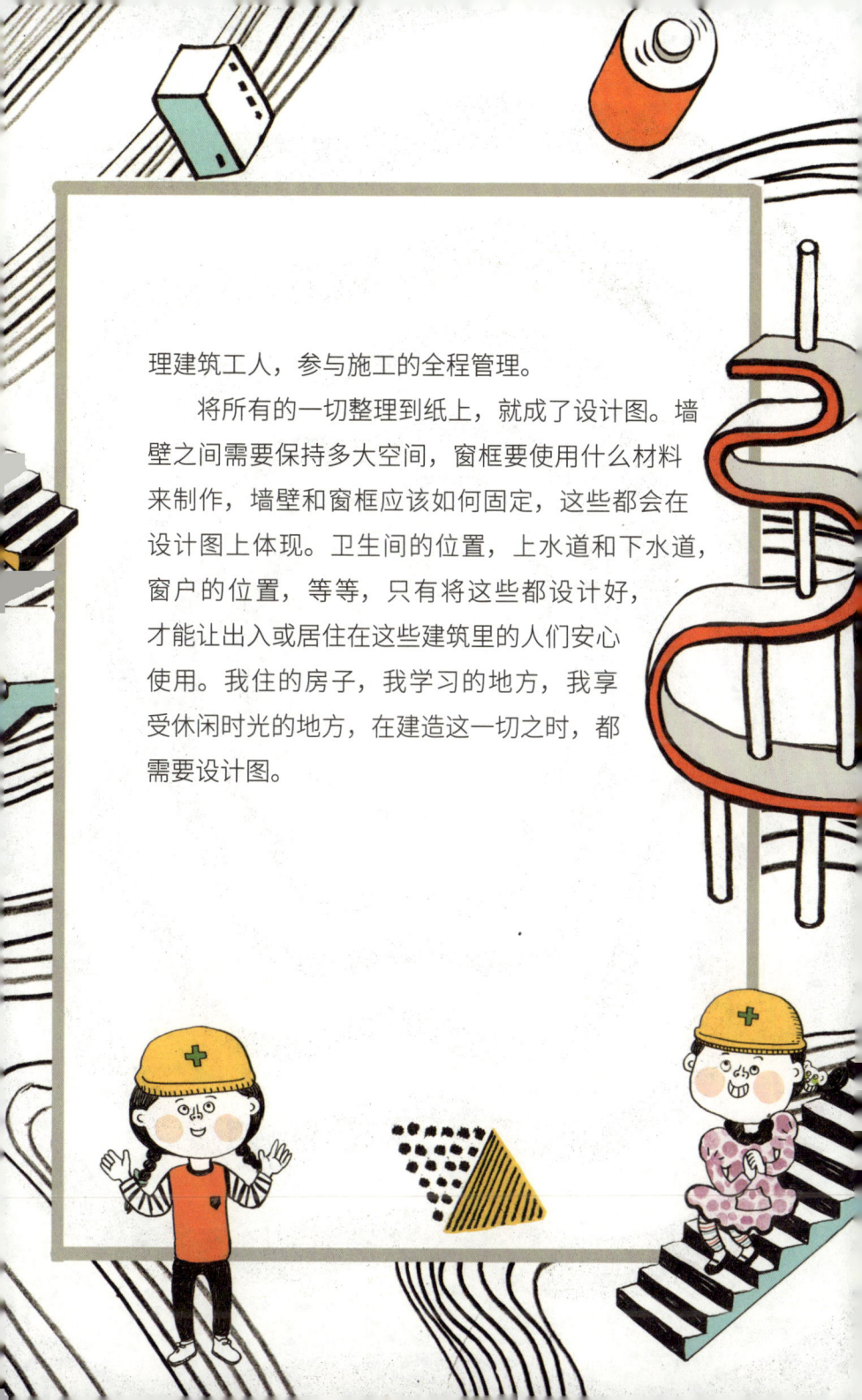

　　将所有的一切整理到纸上，就成了设计图。墙壁之间需要保持多大空间，窗框要使用什么材料来制作，墙壁和窗框应该如何固定，这些都会在设计图上体现。卫生间的位置，上水道和下水道，窗户的位置，等等，只有将这些都设计好，才能让出入或居住在这些建筑里的人们安心使用。我住的房子，我学习的地方，我享受休闲时光的地方，在建造这一切之时，都需要设计图。

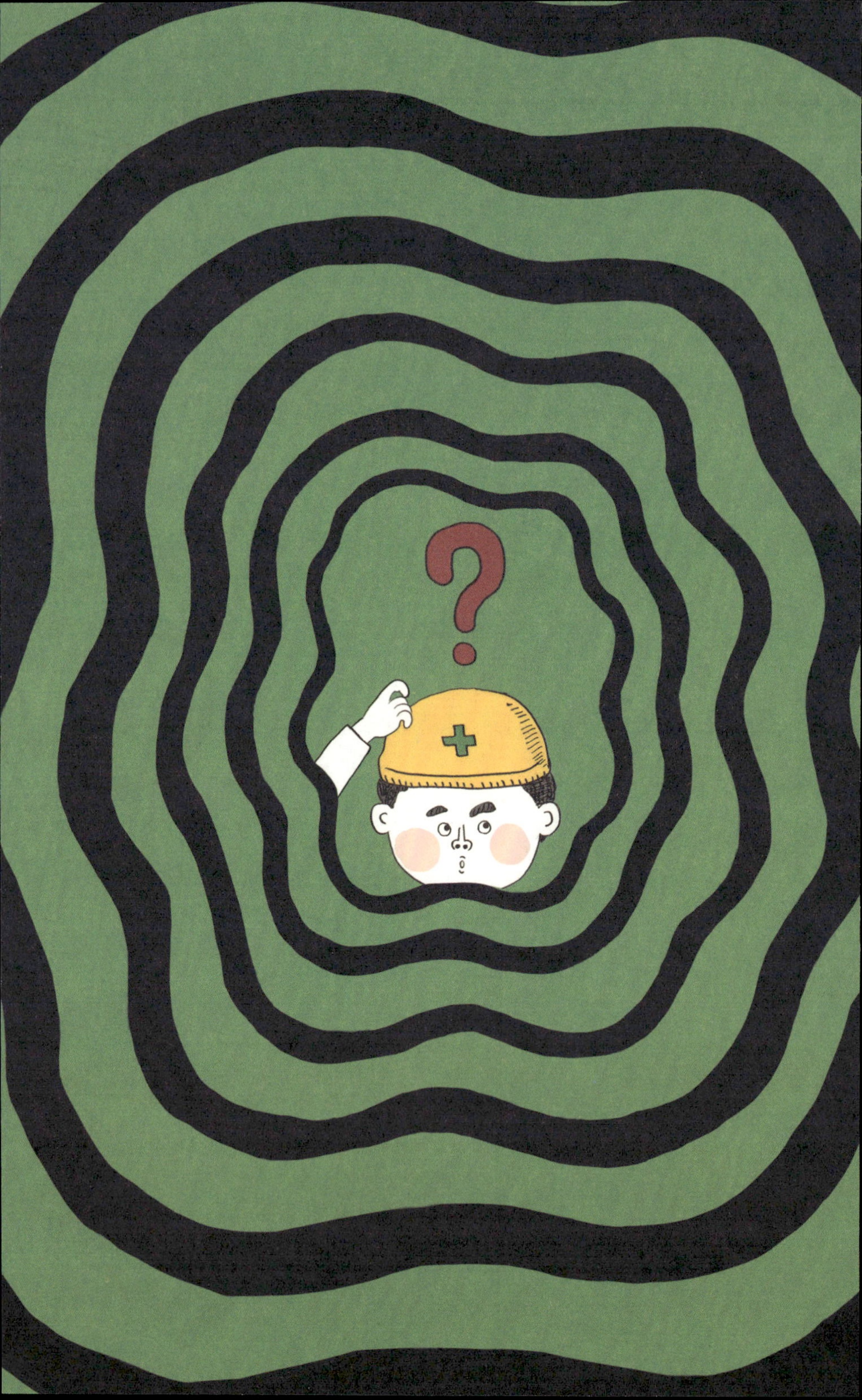

第 3 章

我想住的房子

广涵的心里不太舒服。这一次,她站在了五扇形状各不相同的门前,分别是像星星糖一样的圆形、蝴蝶结、独角仙、沙发和宇宙飞船。

"大叔,这些门长得真有意思啊。我们家的门也换成这样就好了。"

佳恩握住了圆形门上的门把手。大叔弯下膝盖,看着佳恩说道:"佳恩,第一扇门是你选的,这次就让姐姐或者哥哥选吧。对大家来说机会都是公平的,你说是不是?"

佳恩小嘴翘得老高,从门边走了回来。成浩用下巴指了指广涵。

"这是什么意思？"

"我让你来选。"

"为什么？"

"刚刚不好意思。"

成浩竟不像平时一般霸道了。广涵静静地看着成浩。成浩就算在课堂上捣乱被老师教训，也不觉得自己有什么错，直挺挺地抬着头。自尊心强，调皮捣蛋的时候从来不顾及别人的想法，这就是她对成浩的印象。

广涵暗自想，成浩能说出这句话也不太容易。

"就当我接受你的道歉了，你来选吧。"

"什么？"

"我说我接受你的道歉，所以把机会让给你。"

成浩用两只手用力地一直抓后脑勺。

"啊，知道了，那就往这边吧。"

成浩选择了佳恩抓住了把手又放掉的那扇门。

"哥哥也喜欢这扇门？怎么回事，你竟然和我心意相通！"

成浩并没有回答。

"来，那成浩来开门吧。"

大叔招了招手。那扇门上像鼓起了包一样附着着小小的、扁平的碎片，材料看着像是石头、玻璃、木头和瓷砖。

"房间里肯定全都是好玩的东西。是吧，大叔？"

"那是当然，这间房里还有之前那间没有的东西。咱们进去吧。"

门吱的一声开了。房间里没有柱子，取而代之的是满满的收纳柜。

"这间房是图书馆吗？"广涵问道。

"哈哈哈，不是的。这里是'摆满材料的房间'。这里的材料全部都是用于建筑的，如果将你们住的房子或者学校拆解开来的话，也可以分为这些。来，你们自己看看吧。"

大叔刚说完，三个人就朝收纳柜跑了过去。每一格里满满的都是各种各样的材料：石头、玻璃、瓷砖、砖块、铁和沙子。收纳柜最上面的格子里展示着由各种材料制成的建筑物模型，但是隔着玻璃门，只能看不能摸。下面一格里放着很大一块材料，再往下一格则放着不同材料的混合物，这两格都没有安装玻璃门。

"大叔，那这些可以摸吗？"

"只要是没安玻璃门的格子，里面的东西都可以摸，也可以跟其他格子里的东西混合到一起。在这个房间里试着盖自己想要的房子吧。最左边工作台上的模型零件都可以用，怎么样，是不是很棒？哈哈哈。"

大叔给了每个人一个篮子来装各自想要的材料。三个人就像逛超市一样挑选着收纳柜里的材料，装进篮子。

"姐姐，很棒是不是？哇，这个好漂亮，就跟我一样，对吧？"

正在兴头上的佳恩声音里都带着几分激动。广涵也很兴奋。只要是你能想到的房子，在这里都可以随心所欲地建造出来。平时梦想的又大又宽敞，可以几个人热热闹闹一起住的房子，好像说盖就能盖出来。

成浩轻轻按了一下收纳柜的玻璃门，便打开了。他一边仔细打量着建筑物的模型，一边用手轻轻摸了摸。

"哥哥，你不是让我不要随便摸吗？快把门关上！"佳恩指了指打开的玻璃门抱怨道。

"我就……我就看一看。"

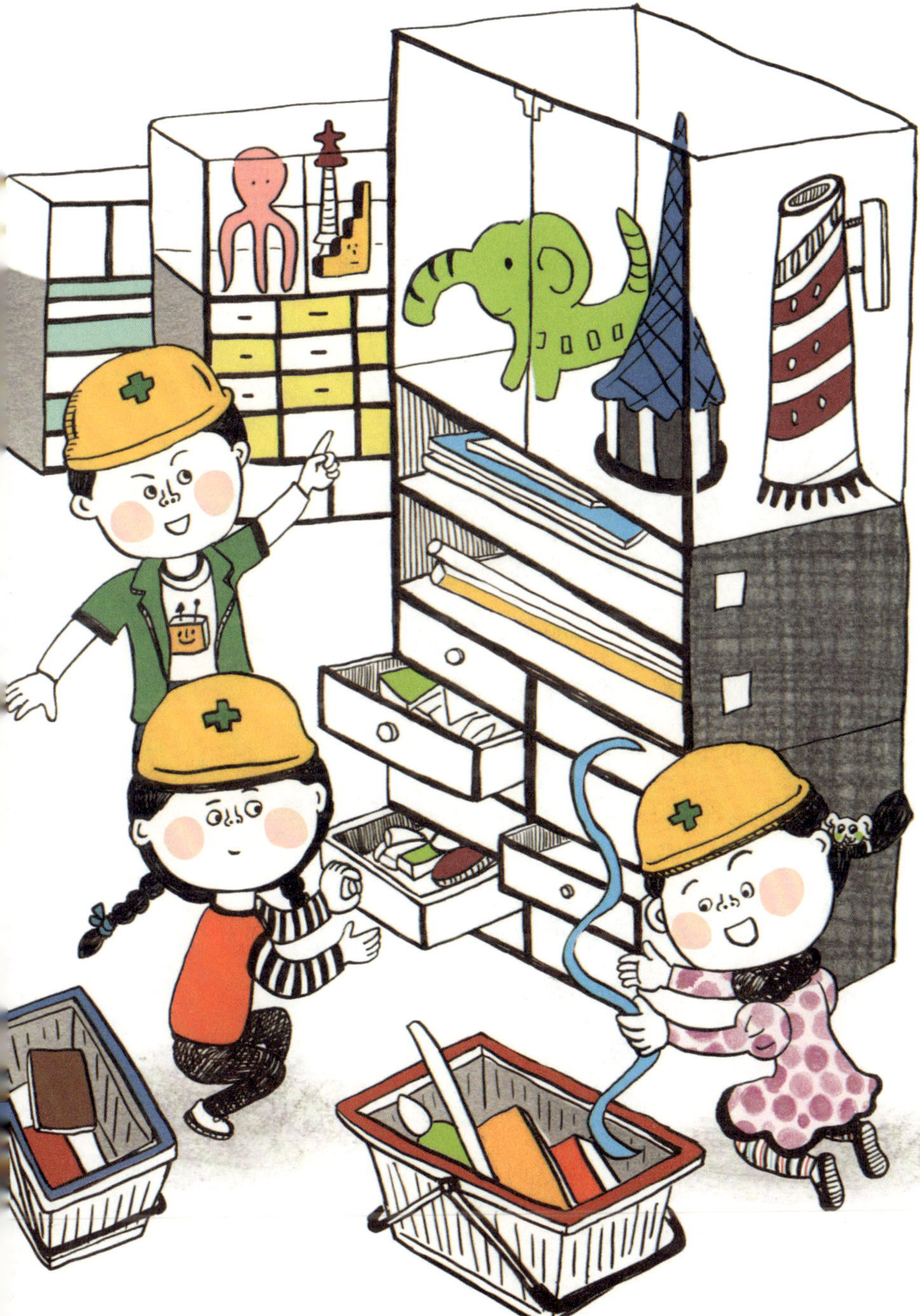

"什么看一看啊,都被我抓到了。哥哥都伸手摸了,我全看到了。姐姐你也看到了吧?"

广涵微微点了点头。气势汹汹的佳恩警告成浩让他小心点儿。不知所措的成浩关上了玻璃门,话锋一转道:"我又没像你一样直接拿走。"

"我刚刚拿东西的时候你那么凶我,换成哥哥你就没事儿了?为什么哥哥就可以,偏偏我就不行,哼!"

听到佳恩揪住这事儿不放,成浩深深地吸了一口气,接着便是一通连珠炮似的翻旧账。

"之前你非要买那个玩具,我还为了你砸了我的存钱罐。结果你呢,才玩了两天就丢在一边了吧?"

"那个玩具比想象的重多了,我没法随身带着,所以才没怎么玩了。如果换作是哥哥你,你难道会天天带着它吗?"

"动不动就觉得不满意,那你为什么还哭着吵着非要买呢?你就是无理取闹。"

"那我托你帮的忙,哥哥你难道都帮我了吗?"

成浩翻旧账,佳恩一句也不肯认输,奋力反驳。广涵在两人来回争执不休之时并没有加入其中,也没有为谁说话。但对佳恩，广涵倒是刮目相看。就像成浩说的，佳恩确实是个牛脾气，有时会让人无可奈何，但她对自己的看法却是十分坚定，绝不害怕畏缩。广涵有些羡慕这样的佳恩。

七嘴八舌地吵了好一会儿，佳恩才转过身去拿别的格子里放着的材料。

"啊，我真的讨厌妹妹，要是没有妹妹就好了。再怎么娇生惯养也要自己有点儿数吧，动不动就说自己漂亮，到底是哪里漂亮了，都不照镜子的吗？"

成浩唠唠叨叨说个不停。广涵像是自言自语似的嘀咕道："明明是自己的妹妹，怎么能当作没有？"

成浩听到这话不高兴了。

"什么，你刚刚说什么？"

"我说错了吗？我没有兄弟姐妹，你觉得烦的妹妹，我还希望自己也有，行了吗？"

成浩挖苦似的说道："这种妹妹，你带走好了。"

"那谢谢你！"

广涵把材料搬到了旁边的收纳柜里。一旁传来了哐啷哐啷很响的声音，这是成浩弄出来的。广涵也不甘示弱，弄出更大的动静。

"你们小心受伤。"大叔对广涵和成浩说道。

成浩率先从收纳柜旁走开,来到了桌边。紧跟着,广涵也离开了收纳柜。

桌子的旁边也有收纳柜。柜子里摆满了门、窗户、桌椅、装饰柜等模型。

佳恩将篮子里装的材料全都堆在桌上,又拿来了很多模型,开始盖房子。佳恩选择的材料种类很多,颜色也是五花八门。

"真漂亮。"

"真的?我最喜欢听别人说漂亮了。你知道吗,奶奶和哥哥都叫我丑八怪。我真的好讨厌他们那样叫,姐姐是不是没听过别人这么叫你?"

广涵停下了手上整理材料的动作。

"我也听过。我外婆总是开玩笑叫我丑八怪,我每次听到也会不开心甚至还哭过。我知道那是什么心情。"

"我哥哥从来都没有夸过我漂亮。我每次问他的时候,他都说很无语。他自己难道长得就好看了?"

广涵忍不住笑了起来。佳恩向坐在桌子对面的成浩吐了吐舌头,成浩也回敬了相同的动作。

"就算是这样,佳恩还是很幸福的,哥哥一直都守在你身边。"

"姐姐,那你把我哥哥带走吧,让他做你的哥哥。"

"成浩对我来说只是朋友,不能做我哥哥呀。"

成浩装作没听见两人的谈话,自己盖着房子。

广涵用手指搓了搓用来砌墙的碎块。虽然不显眼,但这些碎块却有凹面和凸面。只有将凹面和凸面对上,两个碎块才能合二为一。

成浩和佳恩垒起的碎块开始渐渐地具备雏形,但广涵却还把玩着碎块。

"姐姐为什么还不开始?"

"我在思考。"

"思考时间越长,盖出的房子越好看吗?"

本来歪着脑袋的佳恩继续专注地垒起了碎块。

广涵也想像佳恩一样风风火火地把房子盖起来,但是手却始终没有动作。现在住的房子、曾经住过的房子、家庭旅行时待的房子、外婆的房子,虽然看过、住过那么多地方,但都不能令广涵满意。就在这时,刚刚靠在木头柱子上想起的往事与碎块重叠到了一起。外婆曾经住过的房子的具体结构已经记不太清了。唯一记得的是宽阔的庭院和能看到院子的檐廊。广涵想住的房子是那种像檐廊一样宽敞的、让人感觉暖融融的房子。

广涵将碎块垒成了墙壁，安上了门窗，摆好了家具……

在三个人盖房子的时候，大叔在中间来回地穿梭，不停地发出疑问："哇哦，很酷啊？这个要用在哪里？还有这个模型？这儿还有这种东西吗？"

成浩盖的房子是用石头堆成的塔，石塔高高耸立着，就像在俯视其他房子似的。

"用石头能堆成这样很不容易啊，好样的。"大叔称赞道。

"我发现抽屉里有一种叫'临时灰浆'的东西，就跟固体胶一样。看了下使用说明，说是用来黏合石头的。刚开始也没用这个，但堆到一半老是会倒，索性就试用了一下。"

"干得不错。灰浆是用来黏合砖块、石头、瓷砖和其他材料的一种建材，为了方便你们使用，我就制作了这种临时灰浆，实际用于建筑的灰浆是由水泥、石灰和水混合

而成的。来看看石塔内部是什么样。"

"里面就只有一间房，在最高的地方。"

大叔用大拇指和中指小心翼翼地在塔身各处敲了敲，虽然塔身底部发出了低沉的很有力的声音，但在开出窗户的地方，声音却变得空荡荡的。

"这里该怎么上去呢？"

"用螺旋楼梯就能上去了。"

佳恩扑哧笑出声来。

"腿都该疼死了,上去就绝对不会想再下来了。"

"对啊,尽可能就不下去。"

"那炒年糕要去哪里吃呢?"

"什么?"

"哥哥不是喜欢我们学校前面那家'我家炒年糕'

吗？每回给炒年糕店的阿姨跳一支舞，她就给你一根炒年糕吃，你不是还以此为上学的动力吗？"

广涵也知道那家店。就像店铺的名字那样，店主人阿姨对待来店里的小朋友们非常温柔和善。但是一想到在阿姨面前，成浩用跳舞来混年糕吃，广涵一下子没忍住，笑了出来。

"噗，真的会用跳舞来换年糕吃吗？哈哈哈。"

"不是那样的。之前有个朋友在那儿用跳舞换了一碟炒年糕吃，我就在旁边稍微跟着跳了一下，从那之后，阿姨每次见我都让我跳舞，说是跳了就可以换一根年糕。"

"哈哈哈，可为什么你是一根呢？"

成浩皱了皱眉头。

"我那个朋友跳的舞值一碟子呗，我的舞蹈，可能就只值一根吧。"

广涵捧腹大笑起来。成浩挠了挠后脑勺。

"哈哈哈，你干脆跟那个朋友一起去混一碟子吃多好。"广涵强忍住笑说道。

但成浩却是一副忧郁的表情，默默抚摸着自己搭的石塔。

"他移民走了。"佳恩小声对广涵说道,"哥哥最要好的朋友,头发长长的,舞跳得特别好。那个哥哥好像是叫金济勋吧,济勋哥哥的发型跟姐姐有点儿像啊。"

成浩转过头去。

"所以成浩才搭了一座高塔啊。你很想念那位朋友吧?"

成浩没有回答大叔的提问,而是再一次摸了摸石塔。广涵觉得济勋这个名字好像在哪里听过,正努力地在回忆里搜寻这个名字,突然想起佳恩刚刚说自己的发型和移民去国外的成浩朋友很像。广涵去学校的第一天,成浩拽广涵头发的时候叫的好像就是金济勋的名字。

广涵朝成浩的石塔内部看了看。透过小小的窗户,看见了里面的床、书架和桌子,还有一个坐在桌边望向窗外的人偶模型。广涵觉得成浩和自己竟有几分相像,他想念的是朋友,而自己怀念的是外婆。

"从这里可以很清楚地看到外面呢。可以看得到是谁来了,天气好的话还能看到海的对面。这座塔要是建在海边,再装上一盏大大的灯,都可以做灯塔了。"

听到广涵的这句话,成浩的眼睛忽闪了几下。

"真的能看到吗？"

"嗯。对吧，佳恩？"

"听姐姐这么说，好像真的是呢。但是哥哥，你的塔建这么高，就算济勋哥哥来了，你走下来也得好一会儿。虽然楼梯也不错，但咱们安一部电梯不好吗？"

正说着，佳恩伸出了手。就在这时，大叔打了一个巨响的喷嚏。

"阿——嚏！"

佳恩吓了一跳，慌乱间手碰到了石塔上。石塔哗啦一声倒了下来。

"呀！崔佳恩！"成浩尖叫了起来。

塔顶飞了出去，房间也碎裂了，屋里的人偶模型七零八落地掉在了地上。佳恩和广涵一动也不动，就像是在玩"谁是木头人"。

"对……对不起。"过了好一会儿，佳恩小声地道歉。

但是成浩却气呼呼地扭过了头，表示他并不接受佳恩的道歉。佳恩觉得很难为情，躲到了广涵身后，将脸埋了起来。

"啧，又躲起来了？在家里犯了错就躲到妈妈身后，这次又躲到广涵后面？"

成浩渐渐地提高了音量，越是这样，佳恩越是紧紧地贴着广涵。

"喂，崔成浩，刚刚她只是不小心。"

"宋广涵，你就别掺和了。"

"想让我别管就别叫那么大声，耳朵都震聋了。"

成浩的脸涨得通红，呼气变得越来越重，拳头也握得紧紧的。广涵紧紧地攥住了躲在背后的佳恩的手。

"她就是不小心啊，成浩。别对妹妹那么凶了。这次来看看广涵的房子吧。"

大叔想缓和三人之间不愉快的气氛。佳恩从广涵身后走出来，牵住了大叔的手，大叔也抓住佳恩的手前后摇晃着。佳恩像是不愿跟成浩对视似的转过了头。

"广涵盖的房子跟她的名字一模一样啊，看上去宽广又通透。这个门看起来挺不错的，其实我刚刚就在想到底谁会用这种门呢。"

广涵盖的房子，每间房都有一扇折叠门。如果把门都折起来，整个房间的空间都会被打通，成为一个整体；如果把门都拉开，又会被隔成一个个的房间。

"把房门都打开的话,就变成了一个通透的空间,住在里面的人肯定不会孤单了。这房子真不错,干得漂亮。"

大叔鼓起掌来。

就像大叔说的那样,广涵希望跟所有的家人都住在一起,热热闹闹的。爸爸妈妈回到家就把房门都打开,把一天内发生的各种事一股脑儿地说给他们听。一个人待的时

间长了，现在跟爸爸妈妈说句话也没那么容易了。搬家之前每天都有朋友们一起玩，爸爸妈妈回来得晚点儿也不觉得孤单。真想回到那个时候啊。要是能和朋友们一起在这个房子里自由地穿梭玩耍就好了。

大叔迈开步子，往最里面佳恩盖的房子那边走去。

"哇，佳恩的房子花花绿绿，装饰得好精致啊。真漂亮。门也很多，应该很有意思吧，一会儿去这间房，一会儿去那间房。"

佳恩盖的房子也有好多个房间，每间房的颜色都各不相同。房间的形状也是各式各样，有的是向里面凹进去的，有的则是向外凸出来的。每间房都有一扇通向外面的门。

"门真的好多啊！"

"是呀，哥哥姐姐冲我唠叨个没完或是大喊大叫的话，我马上就能从房子里逃出去。"

"你还想去哪儿？"

"姐姐家！"佳恩挽着广涵的胳膊说道。

广涵静静地看向眨着眼睛的佳恩。不知道是不是刚刚躲在自己身后的时候哭了，佳恩的眼眶还是肿肿的。

广涵摸了摸佳恩的头。"好呀，随时来玩。"

成浩扫了一眼佳恩的房子，咯咯地直笑。

"这是什么房子呀？要想在这房子里住，要有几双鞋子才够啊。从这个门进去的话，如果想要从别的门出去，不是没有鞋子吗？到时候又得回到刚开始的门。"

话音刚落，佳恩的火气唰的一下蹿了上来。

"我当然知道买鞋子。"

"哦，是吗？你当然是那样想的吧。实在是太荒谬、太离谱了，我都不知道说什么好。"

成浩的话里带着几分嘲笑。佳恩的脸气得通红。

这时候大叔插话说道："你们三个盖的房子真的都很适合神秘小屋呢。真不错，干得漂亮。"

大叔朝三个人竖起大拇指。佳恩听了大叔的话开心地笑了起来。成浩看到佳恩的表情，一脸的嫌弃，转身摆弄起佳恩的房子。

"你这个门能打开吗？"

成浩狠狠地拽了一下门。与门相连的墙壁严重变形，直接塌了。

"啊啊啊！"佳恩哇的一声哭了出来。

刚刚还好好的房子，现在只剩下残破的墙壁和地板散落在原地。佳恩哭得很伤心，广涵轻轻拍了拍她的肩膀，对成浩怒目而视。

成浩像是毫不在意，耸了耸肩膀。"对不起咯，我也是不小心。"

"根本就不是不小心，你明明就是故意的！我讨厌哥哥！"

"我说了是不小心！你刚刚不也是这样把我的塔弄塌了吗？"

"我不是马上就道歉了吗？你赔我的房子，你赔我！"

"你还真是，烦不烦啊。这一切还不都是因为你。"

成浩的声音越来越大，佳恩也哭得越来越凶。广涵坐在地上安慰着佳恩。

"崔成浩，你真的不像话啊。"

"我？真正不像话的是她吧，才不是我。"

"我说你的心思也太坏了，把妹妹弄哭你就开心了，是吧？"

"那她刚刚为什么把我的石塔弄倒了？"

"佳恩是真的不小心，而你明明就是故意的！而且她是你的妹妹，如果说她不像话，那还不是跟你这个'好哥哥'学的，你俩长得那么像。"

"什么？我跟她根本就不像。"

"就是很像，你照照镜子。"

成浩搞不明白到底跟佳恩哪里像了，他又开始向大叔提问："我和佳恩真的长得像吗？大叔请你客观地评价一下。"

大叔用食指撑着下巴，陷入了沉思。

"依我看……"

"嗯，在大叔看来？"

"你们三个都很像。"

"什么？"

"你说什么？"

"我和姐姐很像吗？真的？"

广涵和成浩被这突如其来的冲击吓到张大了嘴。佳恩觉得自己和广涵长得像是一件值得开心的事，开心地蹦蹦跳跳起来。广涵不紧不慢地仔细上下打量着佳恩，佳恩如果不是成浩的妹妹而是自己的会怎么样？注意力集中的时候会翘起来的嘴唇，高挺的鼻梁，忽闪忽闪的眼睛，这些

77

都是成浩和佳恩的共同特征。因为这些细节，成浩和佳恩看起来相似的地方很多。广涵就这样一处处地搜寻着三人的相似点，过了很久才发现自己和佳恩都有浓密的眉毛，而又红又薄的嘴唇则看起来和成浩有几分相似。

"大叔，那我和你也长得像吗？"

听佳恩这样说，大叔果断地摇了摇头。

"并不像，佳恩。咱俩长得不像。我……长得不好看，你只跟好看的人长得像。"

大叔一个劲儿地摆着手，坚持说自己跟佳恩长得并不像。广涵觉得大叔真是讨厌，好端端地非要说她跟成浩、佳恩长得像，但一说到他自己又想置身事外。

佳恩紧紧地贴着大叔，说话的声音里夹杂些鼻音。

"不是啊，大叔你也好看的。"

"行了，那我们去别的房间看看吧？"

大叔一溜烟冲到了最前面。佳恩紧随其后，嘴里还在念叨着自己好像是和大叔长得有点儿像。

成浩见佳恩这样，扑哧一声笑了出来。这样灿烂的笑容真可爱啊，就好像并没有哭过一样。

"是呢，确实和我有点儿像。宋广涵，不好意思！刚刚我误会大叔的意思了。"成浩别别扭扭地道了歉。

"没事的，我还希望能和佳恩一样，对身边的人都那么温柔。我们快走吧，不然要赶不上他俩了。"

从房间出来的时候，广涵回头看了一眼。桌子上摆着的房子模型一直在眼前挥之不去。下次还要盖得再精致一些，盖房子这件事比想象的来得有趣。

建筑的骨架

建筑里也有骨头吗？

建筑中最基础的部分就是搭建骨架。建筑的骨架非常重要，甚至可以决定建筑物的寿命。

建筑物的核心结构叫作骨架。在过去，木头和石头也曾经发挥过"骨架"的作用。但现代的建筑大多由混凝土制成，所以基本都会用钢筋来搭建骨架。

建筑物的骨架在确定建筑物的整体轮廓、固定建筑物形态方面起到了重要的作用。如果把会发生热胀冷缩的物质用在了建筑物上，随着温度的上下浮动，建筑也有可能发生变化。如果骨架不牢靠的话会发生什么呢？伴随着四季交替的热胀冷缩，墙面会大片地开裂。因此在骨架的设计和施工环节都必须考虑这些因素。

除了骨架，还有叫作"梁"的东西。大家都曾爬过游乐园里的攀爬架吧？如果从下方仔细观察，会发现攀爬架竖立的柱子上面会有一些横向摆放的柱

子。这些横向的柱子都要依靠竖向柱子的支撑力来保持稳定。这样的结构我们就称为"梁柱"结构。如果房子是多层建筑的话,就更容易找到"梁柱"结构。我们的学校、图书馆和剧场建筑里都有"梁"和"柱"呢?有空去找找看吧。

梁

柱

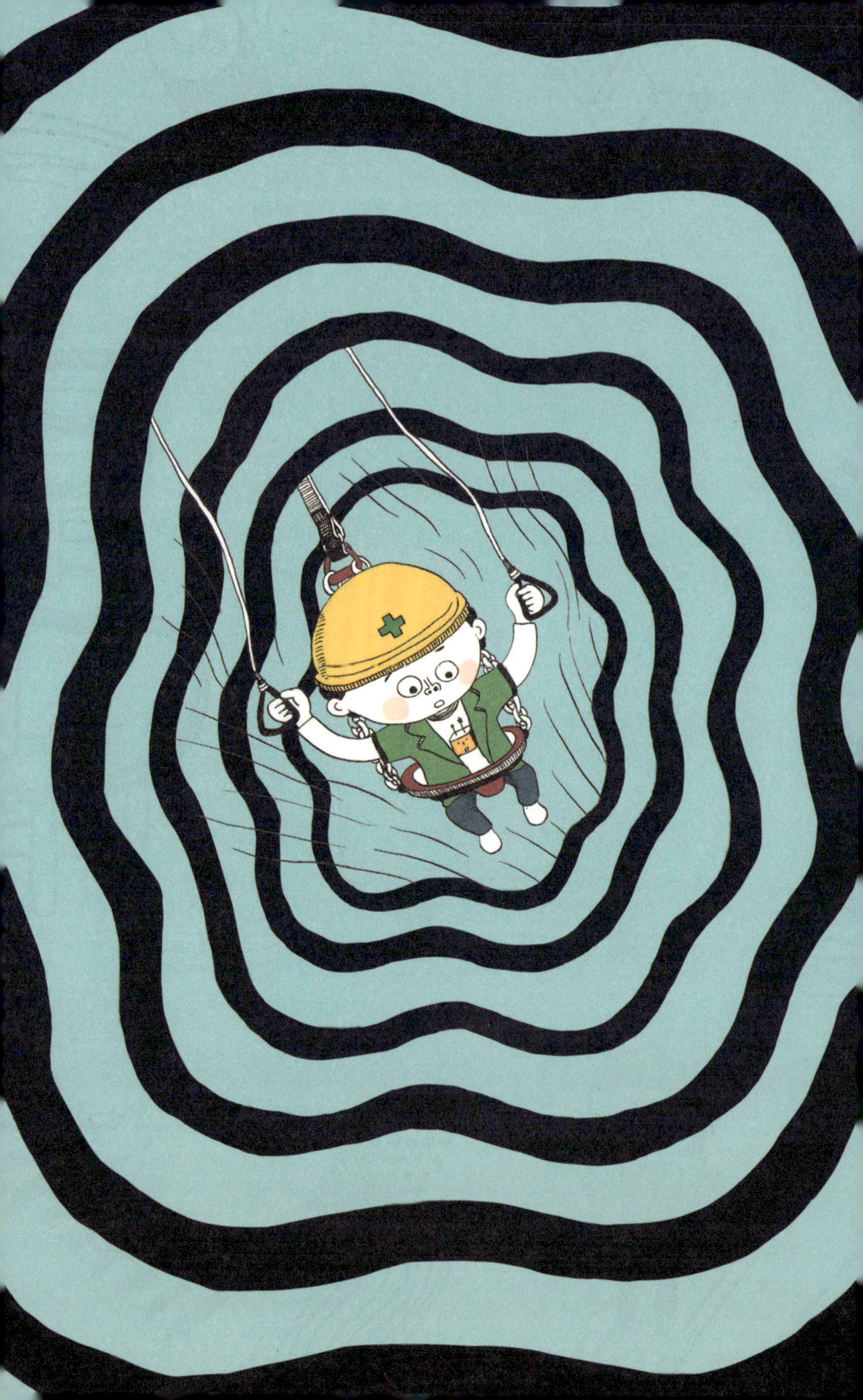

第 4 章

可疑的绳子

还剩下三扇门,成浩和佳恩又吵了起来。不知道是不是因为刚刚吵过架,声音中还掺杂着一丝对彼此的不满,不自觉的,音量越来越大。理由只有一个,都想先进自己选的那扇门。

"怎么回事,刚刚不是还互相谦让,挺好的吗?"

大叔啧啧地连连咂嘴,广涵也皱紧了眉头。这两个人不光样貌是一个模子刻出来的,连性格也相似。

"刚刚是刚刚,现在是现在。我就想进这扇门。"

"大叔,我最乖最可爱,应该是由我来选,是不是?"

成浩和佳恩两个人总是眼看着要和好了，但又争执起来。这一次两个人像是要吃了对方似的，斜眼互相瞥着。像这样两兄妹本来玩得好好的，突然又争执起来，连看都不愿意看一眼对方，这样的场景对独生女广涵来说有些许陌生。

"那个！"广涵提高了音量，"你们忘了吧，我也有选择门的权利啊。第一次是佳恩开的门，第二次让给了成浩，这次该轮到我了吧。"

广涵被自己无意说出口的话给吓了一跳，两手捂住了嘴巴。无论是在家里还是在学校，广涵一直活得跟透明人似的，有她没她关系都不大。走在路上也是害怕被人认出来跟自己打招呼，总是低着头收着肩。和别人意见不一致的时候，她也不敢据理力争，只是一味地闷在心里，一句话也不说。虽然对成浩和佳恩也谈不上好感，但他们两人却能勇敢地表达自己的见解，这一点让广涵很是羡慕。广涵不经意间蹦出了这样的想法。

本来站在门前的成浩瞄了一眼不知所措的广涵，率先向后退了一步。但佳恩却在门前走来走去，一直没有收回伸向门把手的手。大叔见此情况上前拦住了佳恩。

"我们佳恩最漂亮了,这次该广涵姐姐了。下一扇门再由你来开。"

"下一扇门真的让我来选吗?听到了吧,哥哥?姐姐,你快选吧。"

如此佳恩方才作罢,往后退了下来。

广涵更加不知所措了,她不知道应该选哪扇门。瓶子形状、小猫形状、小狗形状,这三扇门看起来都挺不错的。佳恩一边絮叨着下一扇门要由她来开,一边催着广涵快点儿做决定。成浩一句话也不说,只是在三扇门前面走来走去。

"广涵看来是很难选啊,这种时候就应该选最吸引你的那扇门,说不定那就是你最想要的。"

广涵没有回应,反倒是成浩开口问道:"那就是说你的选择可能不止一个?"

"当然了,小伙子。看看你和你妹妹就知道。如果这世界上只有一种选择的话,你们俩也没有争吵的必要了呀。但是对每个人而言都有自己的选择,所以才会起争执。"

听了大叔的话,广涵鼓起了勇气。她仔细地观察着眼前的三扇门:瓶子形状的门上贴着螺丝,小狗形状的门是由木板严丝合缝地拼接而成，小猫形状的门上则连着一根粗绳子。那根绳子看起来非常的简单，一点儿也不花哨。这反而给广涵留下了深刻的印象，广涵伸手抓住了绳子。

"我想开这扇门。"

大叔顿时笑逐颜开。

"哦！眼光不赖嘛。这扇门正确的打开方式就是这样的，快点儿拉拉看吧。"

"开门不应该是推吗？为什么让我拉……"广涵歪头说着。

大叔装作用双手抓住了什么看不见的东西，使劲地扯了一把。广涵学着大叔的动作用力拉了一下门上的粗绳子。伴随着咔嗒一声，门慢慢地升了上去。此时，广涵的

种种犹豫和烦心事都随着门的打开一扫而空。

"真的上去了,哈哈哈。"

心情变得舒畅的广涵露出了笑容。佳恩一溜烟儿地就从广涵身旁过去了,蹦蹦跳跳地径直向房间里跑去。

"哇,姐姐,快点儿进来啊。哥哥你也快点儿!"

门上的绳子只是冰山一角,房间里满满地挂着各式各样的绳子。有从天花板一直拖到地面上的绳子,也有垂到佳恩胸口位置的绳子,还有粗的绳子,细长的绳子,多种颜色混合在一起的绳子,各式各样的绳子划出一道道直线、曲线和斜线,填满了整个房间。

"快点儿进来吧。这里是'绳子绳子到底是什么绳子'房间呢。"

"'绳子绳子到底是什么绳子'房间?名字真是有意思呢。"

成浩连蹦带跳地跑来跑去,抓住一根绳子就往上爬。明明是连搭脚的地方都没有的绳子,成浩的动作却十分敏捷,爬到顶端在天花板上按了个手掌印又滑了下来。接着,他又爬上了一根晃晃悠悠的绳子,左右摇晃,哧溜一下又换到了旁边的绳子上。

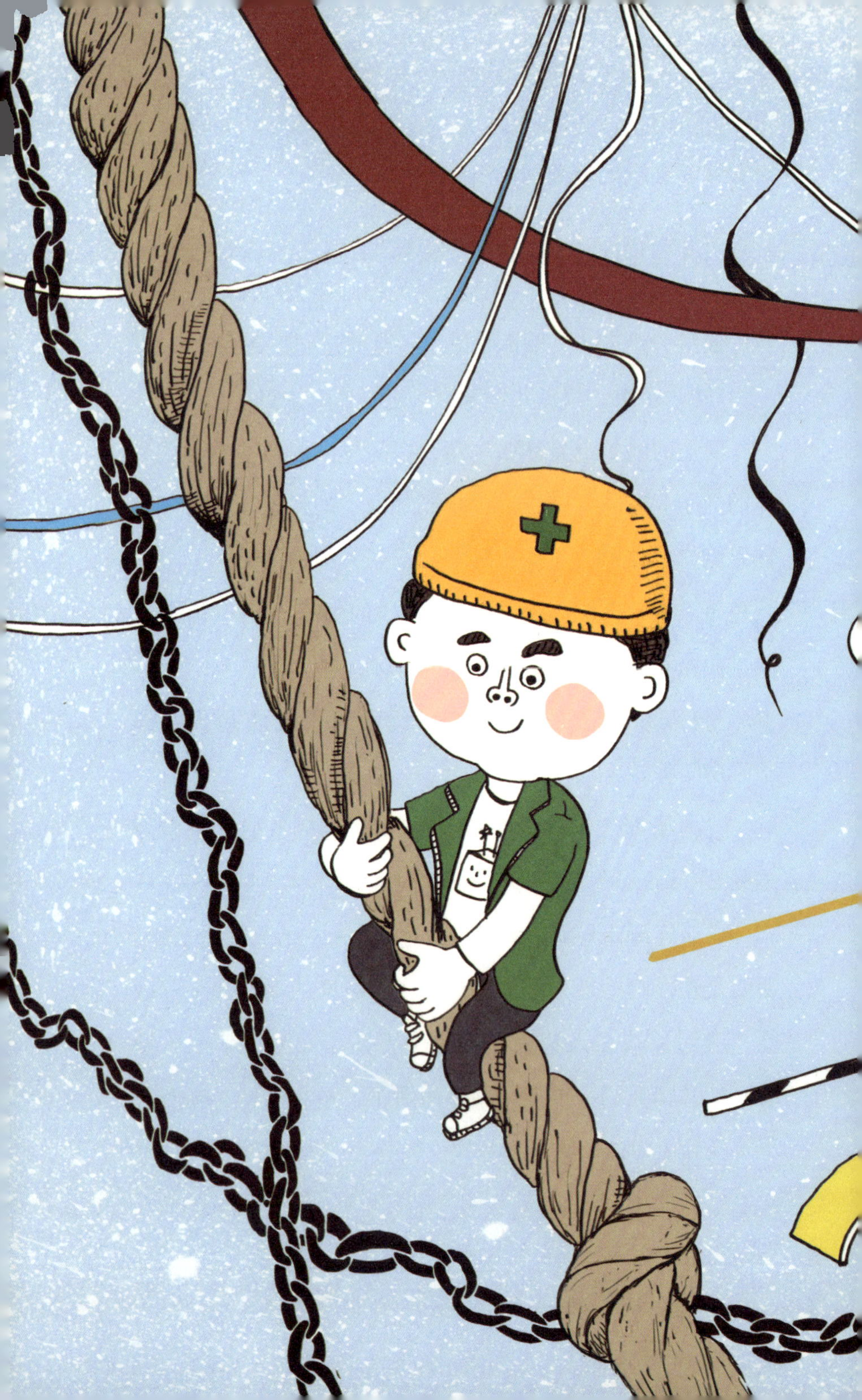

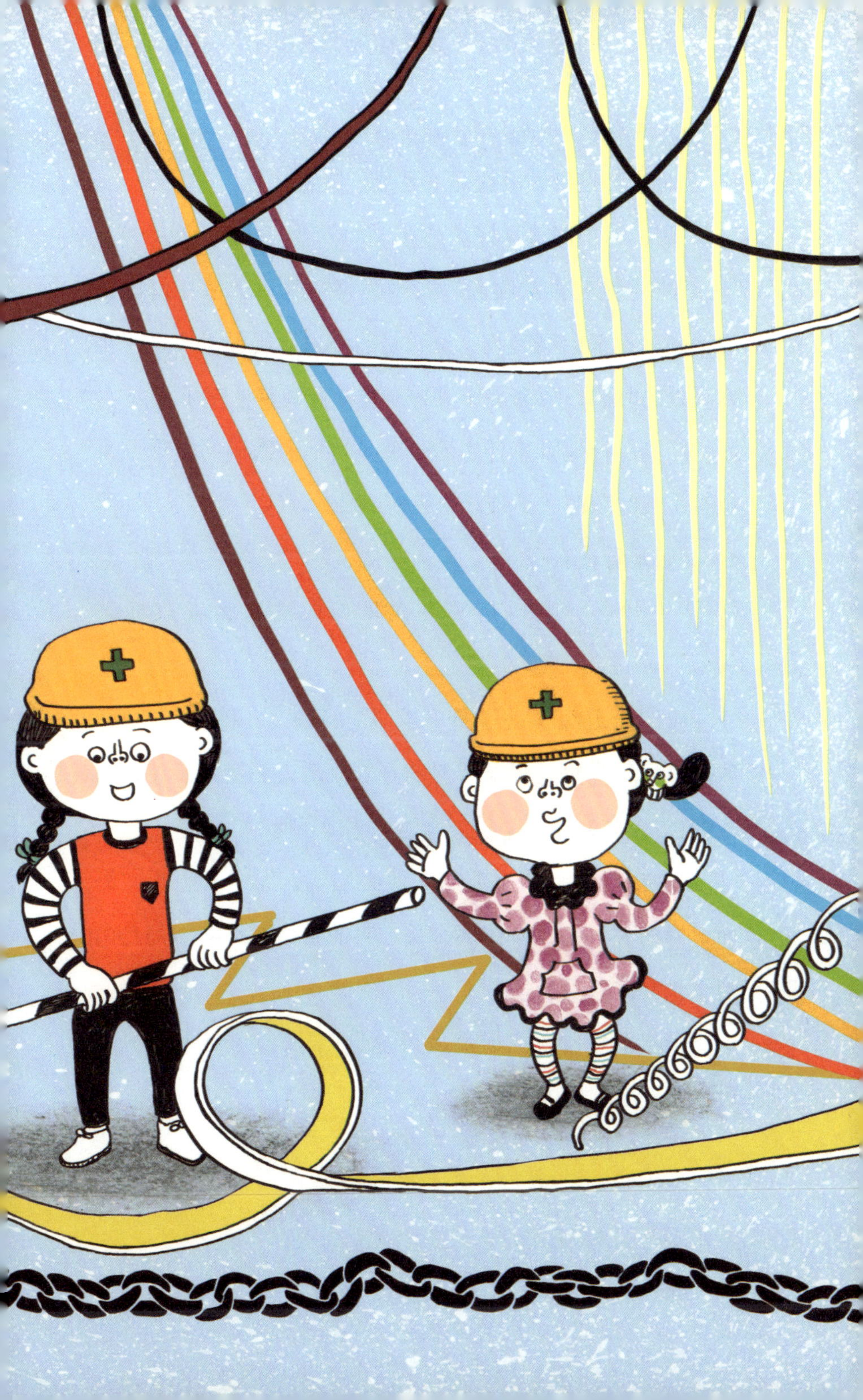

"哥哥真是身手敏捷呢。是吧,姐姐?"

"嗯,绳子荡得真好。"

"哥哥他就喜欢爬高,我因为害怕就不太敢。每次我说怕高,他都会嘲笑我,说我是胆小鬼。所以每次哥哥爬到高处的时候,我都装作没看到或者直接转身离开。"

广涵出神地盯着佳恩看。总是自信心满满的佳恩原来也有害怕的东西,不禁让人有些吃惊。

"姐姐看什么呢?"

"没什么,我也是头一次见像成浩这么喜欢绳子的人。"

成浩抓着绳子荡了好一会儿才下来,额头上都是汗珠。广涵像是感觉很新奇似的看着成浩,一会儿又开口问大叔:"大叔,这房间里怎么这么多绳子呀?"

"在摇晃的地面上要建东西必须要有绳子。想想在海面上修的大桥吧,桥体那么长,它的重量和平衡不都是由绳子来支撑的吗?"

大叔话音刚落,成浩大声说道:"那边还有沿着绳子可以爬上去的地方,一起去看看啊。"

成浩伸出了手。

"我不喜欢那个。我就在旁边看着哥哥玩,行吗?"

"行吧,你就站着看吧。"

成浩回答的语气很温和。广涵快步赶上了走在前面的成浩。

"你是说真的吗?"

"什么?"

"你不是同意让佳恩站着看就行了吗?真的不用让佳恩跟过来吗?"

听到广涵这样问,成浩偷偷地看了眼佳恩,用一只手挡住嘴巴悄悄对广涵说道:"我敢保证,待会儿等咱们玩完了,她肯定会过来的。只要是有意思的事,她肯定都想试一试。"

"什么?"

广涵吐了吐舌头。成浩也太了解他妹妹了。

穿过一根根的绳子,在另一边出现了一截高高的楼梯。走上七级台阶,就能看到一个扁平的台子,台子的上方立着一根柱子,上面绑着几段结实的绳子。绳子上挂着两个可以握住的抓手和可以支撑体重的圆环。成浩上前先把腿套进了圆环里,接着又抓牢了抓手。

"成浩,再检查一下安全帽戴没戴好。"大叔叮嘱道。

"好的。没有问题,大叔。"

但当成浩顺着绳子上去以后,他愣愣地望着下面。就这样看了好一会儿,他才用胳膊擦了擦眼角,跺了跺脚。嗖的一下,成浩像一阵风似的,顺着绳子就滑了下来。佳恩跑上前去。

"哥哥,你好快啊,就像鸟儿在飞一样。"

"对不起,佳恩。"

"嗯?好端端地说什么对不起。"

"以后我会经常夸你漂亮,也会陪你一起玩的。我保证。"

佳恩歪着脑袋看向广涵。为了不让成浩听见,佳恩微微地张开了嘴巴,对广涵悄悄说"哥哥好奇怪"。广涵也很好奇,她想知道楼梯上面到底发生了什么。

"成浩,你真的还好吗?"

"我没事儿。广涵你也试试吧。"

"什么?"

"就信我一回,你也上去试试。那样你就知道我在说什么了。"

成浩的眼神突变。曾经的淘气包成浩,如今看向佳恩的眼神里竟充满了歉意和悔恨,好像在一瞬间变了

个人似的。

"到底发生了什么？不打算告诉我吗？"

成浩把嘴闭得紧紧的。

广涵咽了口唾沫，走上了楼梯，已经上到了最后一级台阶，但还是什么事都没发生。可是一站到台子上，就看到成浩和佳恩在下面吵了起来。广涵将眼睛睁得大大的，又闭上。明明两个人还站在原地，却又有另一个身影重叠在一起，重叠的身影上还悬着对话框。

成浩的对话框里写着："我真的非常讨厌大人老是让我学着做顶梁柱，让我照顾妹妹。虽然偶尔她也挺可爱的，但是又怕她追着让我一直夸她可爱，还是算了，怪烦人的。"佳恩的对话框里写着："我长得一点儿也不难看。我明明就很漂亮，但是却没有人夸我漂亮。"

佳恩的对话框里面写的都是说自己并不是丑八怪的话。广涵用手抚摸了一下刺痛的胸口。两人头上的对话框里写的好像是他们的心里话。这下倒是可以理解为什么成浩突然像变了一个人。

广涵抓住抓手准备下去，顺着绳子往下滑的那种刺激感，让此前悲伤的心情得到了稍许缓和。等到重新落到地面见到佳恩和成浩，广涵的眼里已经噙满了泪水。成浩像是明白广涵的心情，朝她点了点头。佳恩一个劲儿地问广涵到底是怎么了。

"成浩，你这个哥哥当得不错呀。不然的话你也不会跟着佳恩去游乐园了。佳恩，你已经够好看了，我说真的。"

佳恩盯着面前的两人看。在广涵看来，佳恩的头顶上早已飘起了几百个问号。

"到底怎么了呀，为什么去了一趟楼梯上面，大家都变奇怪了？我也要试一试。"

"你不害怕吗？要不要哥哥陪你一起去？"

"算了吧！我一个人也可以！"

佳恩用力地朝楼梯那边走去，发出蹬蹬的脚步声。但是等到了楼梯跟前，却又不敢迈步踏上去了。

"佳恩，其实也不高的。你就当它是游乐园的攀爬架，再不行你就当成是在坐跷跷板，咻的一下就落下来了。"成浩帮佳恩打消顾虑。

"知道了。攀爬架、跷跷板、攀爬架、跷跷板……"

佳恩每上一级台阶，心里就默念一遍。大叔两级两级地跑上楼梯，站在佳恩身旁。

"大叔来帮你吧。"

"没关系的，跟攀爬架和跷跷板也没差……"

佳恩抓着绳子上的抓手，向下看了一眼，已经到了嘴边的话又猛然被收回。本来眼睛被肿起的眼皮盖住不怎么看得到的，这一下也睁得老大。成浩为她加油，让她不要担心，广涵也鼓起了掌，告诉佳恩要鼓起勇气。佳恩在大叔的帮助下固定住了双腿，抓住绳子滑了下来。刚落到地面，佳恩就被广涵一把紧紧抱住。

"姐姐，我会陪你一起的。你不用觉得你是孤身一人

了。哥哥，我也非常对不起你。呜呜。"

三个人一起哭了起来。

只是普通的楼梯和绳子而已。但是只要爬上楼梯，就能够读懂下面的人的内心想法。这样的经历真是头一遭。

"大叔，你是魔术师吗？"

"什么？哈哈哈，不是啊。我只是建筑工程师。"

"但是从那上面可以看到奇怪的东西，你真的不是魔术师吗？"

大叔摆了摆手。"不是。我在建这座房子的时候确实思考过，不管有什么烦心事和难题，只要咻的一下就都能一扫而光。你们看到什么了？我什么都没看到呀，你们到底看到什么了？"大叔紧贴着佳恩，一直追问道。

但是佳恩却只是摇头什么也不说。成浩和广涵也是一样。对三人来说如此珍贵的心意，他们并不想告诉别人。

"还好还好，没有被大叔看到。"广涵一个人嘀咕着。

从房间里往外走的时候，三个人老是回头看向楼梯上面。大叔虽然不肯承认，但是这神秘小屋里的的确确发生着不同寻常和新奇的事情。广涵很好奇这究竟是什么。

建筑中的科学原理

建筑中的科学原理

建筑中有压力、张力和水平力这三种力的共同作用。只有恰到好处地运用这三种力，建筑物才能保持稳定。

使劲按一按海绵蛋糕吧。手指是不是全都陷进去了？这个时候按压海绵蛋糕的力就叫作"压力"。接着再用力拉一拉橡胶手套吧，手套是不是被拉长了？与此同时还会维持一种非常紧绷的状态，这种力我们叫作"张力"。建筑物受风或者地震的影响会被水平地挤压，这种力就叫作"水平力"。

在建筑施工过程中，这三种力会同时起作用。水平力会随着建筑物高度的增加，离地球重心的距离越远而增强。另外，柱子间的距离越远，作用于两根柱子间横梁的张力也就越小。压力是一种自上而下按压的力，石块、砖头和混凝土等材料都能够很好地承受压力，不容易发生形变。

张力和压力可以说是支撑房屋的原动力。从外表看似很简单的柱子、墙和圆拱都是这样的原理。不仅如此，可以说组成房屋的一切要素都要靠这些力学原理的支撑。所以在选择建筑材料时，必须要选择能够很好地承受张力和压力的材料。在混凝土内部填入钢筋来做柱子，利用的也正是这种原理。这是因为混凝土的抗压性能够支撑建筑，而钢筋的抗拉性能够保证混凝土不会出现碎裂。一座房子的建造竟然还蕴含着这些了不起的原理，是不是很不可思议？

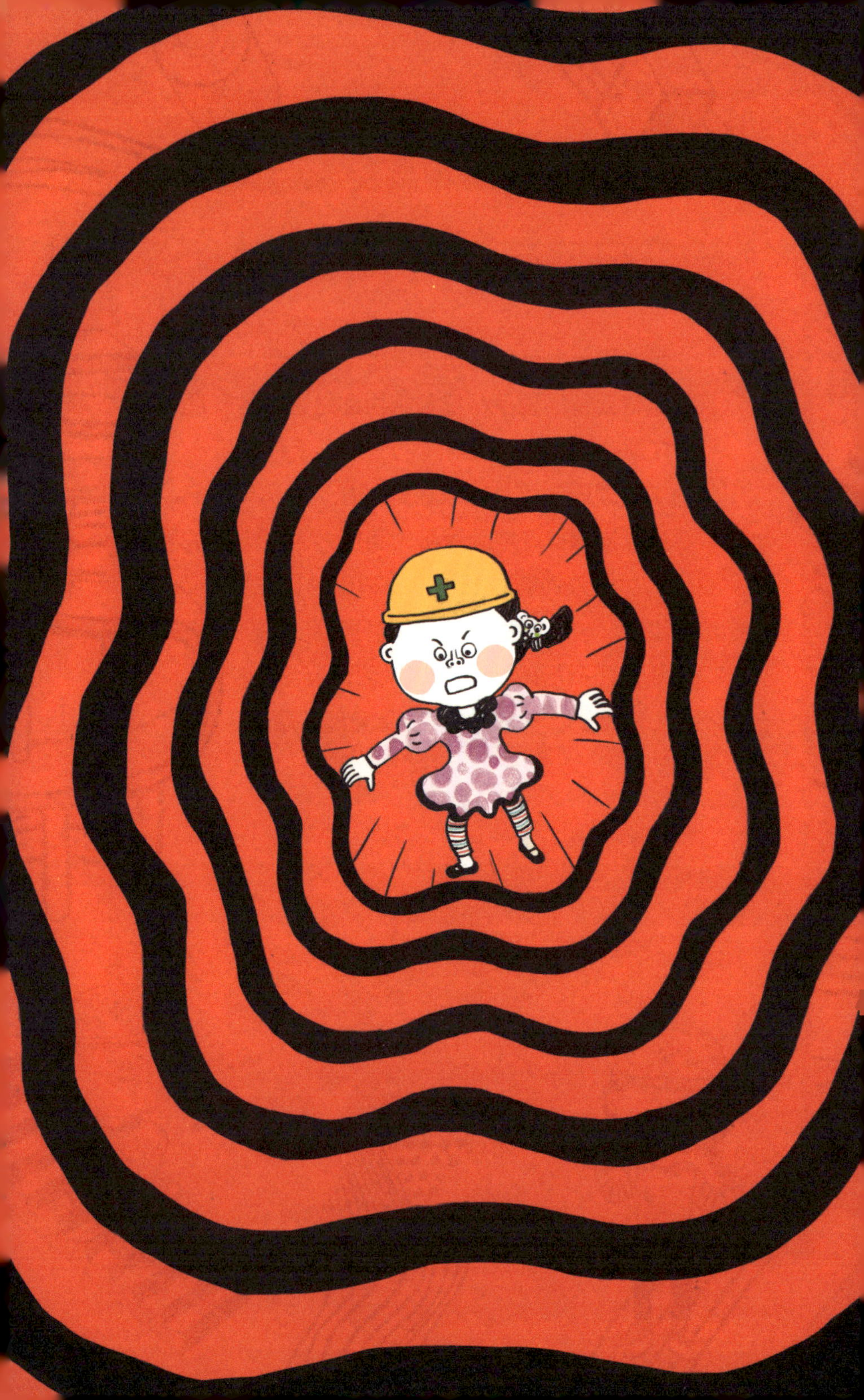

第 5 章

佳恩不见了

在剩下的三扇门前,成浩和广涵都退到了后面。走在前面的佳恩转过了头。

"哥哥,你觉得哪扇好?"

"竟然还问我的意见!这不像你啊,佳恩。你这是怎么了?"

"姐姐你觉得呢?"

"你就自己选吧。你选哪扇,我们就进哪扇。"

"知道了。那下次我们用剪刀石头布来决定吧,好吧?"

成浩笑着点了点头，广涵应了一声"嗯！"算是回答了。这一次的门跟之前的都不太一样。三扇简简单单的四方形的门排成一排，门上也没有什么提示性的线索。

佳恩将耳朵贴在门上，用手敲了敲，三扇门皆是如此。检查完一遍之后，她站在了最左边那扇门的前面。

这时候响起了一段音乐，声音还很大。大叔在口袋里翻来翻去，掏出了自己的手机。

"嗯，现在马上？知道了，马上给你发过去。"

挂断了电话，大叔跟孩子们解释道："孩子们，真对不起。我突然有点儿急事要去办，你们能不能等我一下呢？千万别自己先进去啊，一定要等我带你们一起进去，知道了吗？"

"为什么呢？很危险吗？"

佳恩紧紧地靠着广涵站着。广涵握紧了还在打着哆嗦的佳恩的手。

"不是，有开心的事当然要一起分享，你们可不能丢下我。我还想看看对第一次来这儿的客人，对我亲手建造的神秘小屋都会有怎样的反应呢。"

广涵吓了一跳。大叔说得好像神秘小屋是活生生的生命一样，但是转念一想，确实是有些奇怪。一靠到柱子上就想起了外婆，爬上楼梯就能够读懂别人的想法，这些全都是之前未曾经历过的。大叔好像明明知道这一切，却总是装作毫不知情。成浩好像也有着相同的感觉。

"真的不能进去。而且你们三个人要一直待在一起，千万不要分头行动。知道了吗？"

大叔刚离开，成浩就轻声说道："你也听到了吧？他刚刚说要看神秘小屋的反应？"

"是的，我听得很清楚。这地方真的好奇怪。"

"这里一定正在发生着什么事，大叔肯定对我们隐瞒了些什么。"

佳恩原本还在听两人的窃窃私语，突然啪的一声打开了右边的门。

"大叔不是说过让我们等他吗？"

广涵抓住了佳恩的手腕。

"姐姐跟哥哥不是也说这里很奇怪吗，那我们亲自确认一下不就好了。反正大叔现在也不在，我们快进去吧。"

佳恩的话不无道理。但是广涵在成浩很干脆地迈进那扇门之后，还是忍不住回头看。她并不想趁大叔不在的时候擅自进入那扇门。这边广涵正犹豫呢，成浩突然抓住她的手拉了一把，广涵就稀里糊涂地跟着进去了。

门里面是一个长、宽、高完全一样的房间。房间很小，成浩和佳恩伸开双臂刚好能触碰到墙壁。房间里什么也没有，另一边既没有出去的门或绳子，也看不见柱子。空空如也。

门轻轻地自动关上了。伴随着吱嘎吱嘎的声响，房间动了起来。

"是电梯！"

"哇，原来不是房间，是电梯啊？"

"大叔真是个天才！"

三个人都觉得很兴奋。虽然在其他的房间里，他们都玩到了一些神奇的东西，但却从没想过房间也能像电梯一样动起来。

"但是，我们现在是在上，还是在下啊？"

成浩把头歪向一边，广涵靠在墙上感受着震动。这时候，地面突然晃动了起来。

"好像正在往上走。"

"上到挺高的地方了？大概有几层呢？五层？十层？"

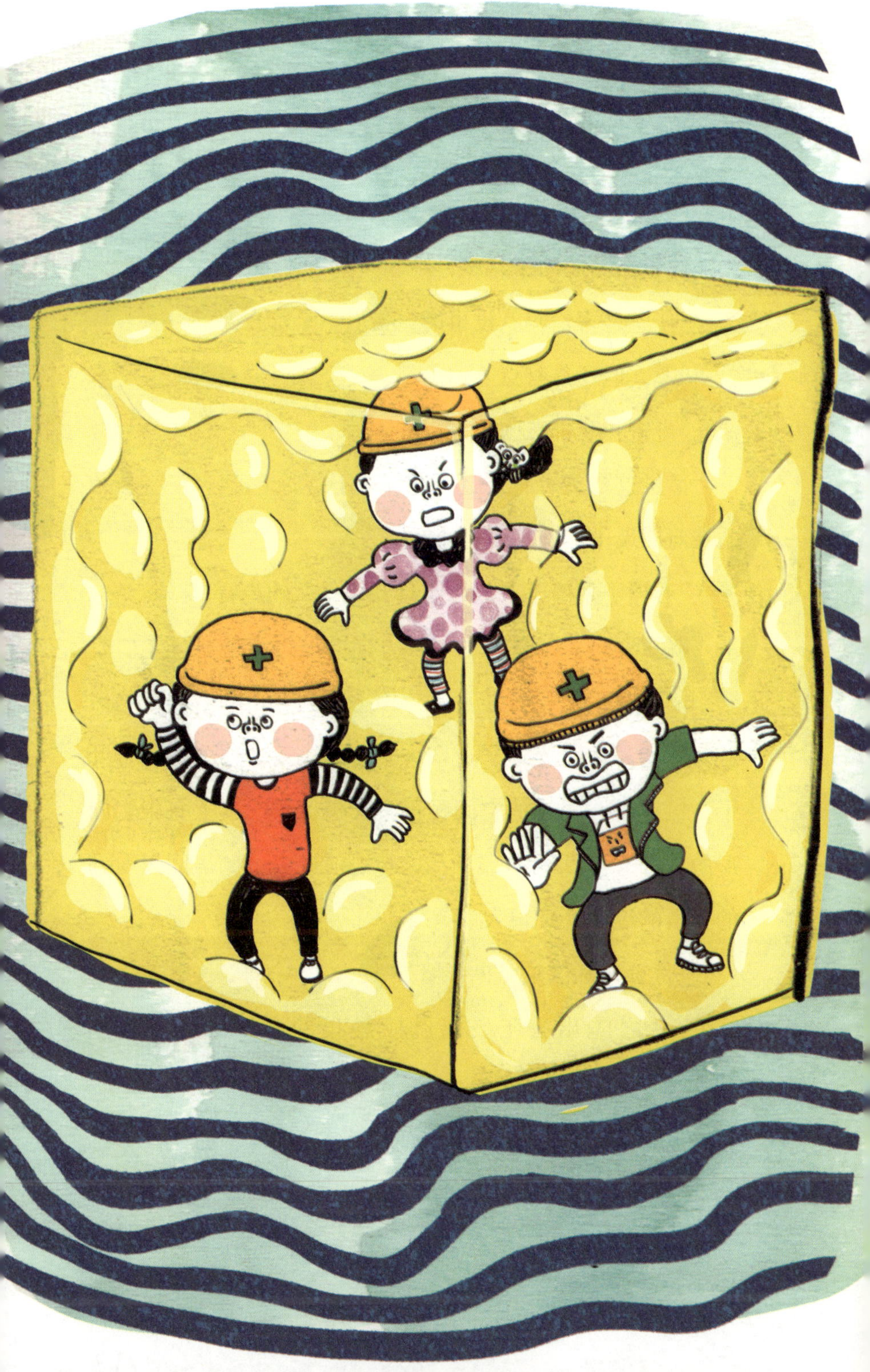

面对成浩的提问,广涵也无法给出确信的答案。电梯里并没有显示层数的标识。

佳恩悄悄挪动了几步,广涵一把抱住了她。

"佳恩是害怕吗?没事的,我们不是都在嘛。"

"嗯,但还是有点儿怕。"

"哥哥和我都在呢,别担心了。"

话虽这样说,佳恩还是忍不住打了个哆嗦。正将耳朵贴在对面墙上的成浩做了个手势。

"看样子是停了,好像是碰到了什么的声音。"

就在这时,与进来的门反方向的墙缓缓地打开了。直到刚刚任凭怎么摸索还是一片伸手不见五指的空间,突然从一侧的尽头有光透了进来,紧接着灯接二连三地被打开了,被照得明晃晃的空间显得又长又宽敞。墙上有很多圆形的或凸起或凹陷的部分,这与之前进去过的房间里看到的光滑的墙壁区别很大。

"哥哥,好像是'鬼打墙'。"

"总之先出去吧。佳恩抓紧我的手,也把姐姐牵好了。"

三个人把佳恩夹在中间,彼此牵着手走进了房间里。

突然，只听一阵吱嘎吱嘎的声响，三个人回过头一看，眼前发生的事比刚刚更令人吃惊。

"门不见了！"

"那现在要怎么出去呀？就是知道会这样，所以刚刚大叔才叫我们不要擅自行动的吧。"

"大叔！大叔！"

佳恩哐哐地砸着门消失的地方，广涵也跟着她一起敲。成浩手脚并用，用力地砸着墙。墙上并没有门的迹象，连门存在过的痕迹也都无处可寻。

"糟了！"

成浩一屁股坐在了地上，还没一会儿又像弹簧一样猛地弹了起来。

"地面很奇怪。"

广涵跺了一下脚。这里的地面不像其他房间那样是硬硬的，反而有些软，那感觉就像是站在厚被子上。

广涵大声说道："难道只有地面是奇怪的吗？这里是神秘小屋啊，到处都很可疑。特别是那个大叔，他是最可疑的！"

"是的，大叔长得确实难看。"

本来气氛已经十分紧张,但听到佳恩这么说,成浩和广涵大笑了起来。爽朗的笑声在屋子里回荡,此前弥漫的恐怖也褪去了几分。

广涵又向前走了几步,一时没掌握住平衡摔倒了,一只脚像是插到了地里一样陷了进去。为了把那只脚拔出来,广涵又用上了另一只脚。这一次却像是踩到了弹簧上,脚直接从地里弹了出来。

"这样的地面,我还是头一次见。"

"我也是。"

"你们还记得大叔刚刚说过要想盖好房子,地面非常重要吗?"

成浩像是第一次听到这种话,眼睛眨呀眨的。

"姐姐说得对。刚刚大叔让我们要好好看脚下的地，但是他为什么要弄出这种地面呢？就好像是走在海水浴场的沙滩上一样。"

广涵也是同样的想法。这种感觉就好像是走在泥潭或是沙滩上一样，摔倒好几次后才领悟到行走的要领。佳恩很快也熟悉起来，只剩下成浩还在不停地摔倒、滚翻。佳恩看着一直摔倒的成浩，实在忍不住了，就给他提了点建议。

"哥哥，腿不要太用力，要轻轻地走，要把这里当作是月球。"

听了佳恩的话，早已是大汗淋漓的成浩尝试着慢慢地走。虽然比刚刚摔倒的次数要少多了，但比起佳恩和广涵还是显得很生疏。

佳恩走在前面，广涵扶着成浩，三人朝着发出光亮的

地方走去。由于四面都是或凸起或凹下去的曲面墙壁，也无法再找到进来的那扇门的痕迹，他们只能选择往光照进来的那个方向走，去寻找逃离这个房间的方法。

一直走得歪歪扭扭的成浩发现扶着墙走要更容易些，于是他将这个办法告诉了佳恩和广涵，三个人站成一队，一起向前走去。

"感觉好像游乐设施呀。之前每天走的路都是硬硬的，这个好有意思，我喜欢，真好玩。"

"确实挺有趣的，还非常惊险刺激。"

成浩一边嘀咕着，一边一步一步地向前迈着步子。

广涵也边扭着身子，边向前走，真想快点儿回到坚硬光滑的地面上，可是逐渐熟悉以后，这种地面也还是挺有趣的。上一次在这样软软的地上走已经不知道是什么时候了。好像几年前的夏天在海边玩的时候有过一次。最近几年的盛夏时节都没去海边，只去了室内的游泳馆，那里的地面就没有海边那么软和。

"哇，能看见外面了。"

"姐姐，快来。"

成浩和佳恩招呼着落在后面的广涵。广涵加快了脚步，她只想快点儿从这个房间里出去，快点儿逃离这个神秘小屋。但是另一方面，她又很享受当下的状态，终于能从每天重复发生的日常里跳出来了。每打开一扇门都会发生无法预料的事，这让她还想在这儿多待一会儿。

广涵向窗前站着的两人走过去。窗户上面排列着许多整齐划一的、白色的、圆乎乎的块状物。它们的截面非常齐整，内部却有沟槽。这些块状物从窗户的里面一直贯穿到了外面。

最先走上前去观察这些块状物的成浩对广涵说："这些像是刚刚在外面看到的老虎牙齿。"

广涵也摸了摸截面上的沟槽，真的和老虎的牙齿有些相似。

"哇，好神奇。大叔太厉害了吧！"

"哪里就厉害了。还是没有通向外面的门。我们冷静下来好好想想，应该会有什么线索的。"

广涵摇晃着又走向了刚刚进来的地方。成浩跟着广涵走到一半的位置，来回地看着佳恩和广涵。

墙壁上丝毫看不出打开过的痕迹。他们想起之前门曾经出现在上方、下方、侧面等各个方向上，于是便用手指摸索着、敲打着墙壁,但听到的只是千篇一律的沉闷的响声。并没有听到空洞的声音,也没有找到裂开的缝隙。

"肯定会发现什么的,再想想,宋广涵,再想想。"

"哥哥!"这时候突然传来了一声惨叫。成浩和广涵转身看向刚刚佳恩站立的窗边。刚刚还站在那儿的佳恩,转眼间就消失得无影无踪了。

"佳恩!"

成浩全然忘记了刚刚是怎么小心地走过来的,不顾一切地想要跑过去。摔倒,翻滚,他现在顾不了那么多,只想快点儿跑过去。广涵也是同样地惊慌失措。

"没了!佳恩不见了!"

"这是怎么回事?会去哪儿了呢?"

成浩将广涵的手攥得紧紧的。

"广涵,你快想想。刚刚来的路上佳恩会不会有可能跑到别处,或者掉到哪里去了?你的记忆力不是很好吗,你快回忆一下,哪怕是一点儿小的线索,拜托你了!"

广涵用手指紧紧按住了疼得钻心的脑袋。邀请函、来神秘小屋的路上、入口、柱子、绳子、各式各样的门依次从广涵的脑海中闪过。这间房里没有绳子,没有柱子,只有窗户。灯是自己打开的，这说明应该安装了能够感应到人出现的传感器。

"有电梯的地方不是都会有消防通道吗？但是这里看起来没有！"

"消防通道？对了，就是那儿！你还记得我们刚进来的那会儿吗？大叔跟我们说，要叫人的时候就按红色的按钮。"

"红色按钮？"

"对。刚刚佳恩站的地方是哪儿来着？红色按钮应该就在那儿。快点儿找找看。"

广涵走到了佳恩刚刚靠着的窗户旁。那里只有一扇能够望得见外面的窗户，除此以外别无他物。广涵用手擦了擦透明的玻璃窗，还是没有什么特别的。正当广涵在和窗户连接在一起的齿状物块上摸索着的时候，手指像是碰到了什么东西。她将头偏向左边，仔细地看了看，映入眼帘的是一个红色的圆圈。

"成浩，快来看看这个。"

位于窗户和墙中间的最后一颗上牙的截面上，像是沾上了辣椒粉一样，能看见一个红色的装置。它并不像我们经常说的按钮是凸出来的,看起来就像是一张贴纸贴在上面。

"这就是红色按钮吗?"

"应该就是的,我准备按了啊。"

"别别,等会儿,真的就是这个吗?没有其他的按钮了?"

成浩向还在犹豫不决的广涵用力地说道:"管它行不行,先按了再说。"

"要不我们还是谨慎一些,再找找看吧。"

"喂,宋广涵!我的妹妹不见了!现在这种情况之下你还要让我谨慎一些,你觉得像话吗?我知道你做事慎重,但是这次,就这一次,你就相信我吧。"

广涵觉得很郁闷。她也想像成浩一样,但是她却怎么也做不到,这让她对自己很失望。

回头想一想,迄今为止一直觉得家里很闷,但是却没有想过为什么那么闷。虽然不喜欢去游乐园的时候没有朋友陪自己玩,但是朋友们要是真来了,自己又不愿跟他们说话。虽然之前不是很看得惯成浩和佳恩,但是自己却不敢直说。广涵一直在犹豫,一直在逃避。现在也是如此。

明明应该去找消失不见的佳恩，但是又害怕按下了按钮，自己会不会也跟着一起消失。

"就试一次吧，没关系的。我们不是还在一块嘛。"

成浩握紧了广涵的手。这一次跟之前慌乱之中牵起手的感觉完全不同。广涵想要相信成浩这一回。

广涵轻轻地点了点头。成浩紧紧地贴在广涵身旁，用力地按下了红色按钮。一瞬间，地面裂开了。

"我的妈呀！"

"啊啊啊——"

裂开的地面和一个透明的圆柱体连接在一起，就像是泳池里的滑梯一样。两个人都被圆柱体给吸了进去。伴随着一声声惨叫，广涵和成浩不停地在向下坠落。在坠落的过程中，他们看到了各式各样的房间：像巨大的珠子一样滚动的房间，像钟摆一样挂在绳子上来回摆动的房间，满满的都是吹好的气球的房间，像棉花糖一样的房间，形状像小熊软糖一样透明的房间，等等。都是之前没见过的房间。

下坠速度越来越快，成浩更加用力地拉住了广涵。就在这时，脚下突然照进了一道光。

"姐姐，哥哥！我都等了好久了！"

突然出现的佳恩被成浩一把搂在怀里，手一直被成浩牵着没有松开的广涵也跟着抱住了佳恩。三个人所处的位置正是和大叔分开前所站的那扇门前。成浩和广涵刚在地上站稳，之前打开的通道又合上了。通道就像是从来都没有存在过似的消失得无影无踪。

"我还以为你又丢了呢。"成浩一副谢天谢地的模样。

"我也是！姐姐和哥哥一直都不下来，我都担心坏了。我好怕一个人待在这儿。"

这时传来了咯噔咯噔的脚步声。大叔笑眯眯地开口问道："来吧，这次选好了要开哪扇门了吗？"

佳恩和成浩没有回答,只是转过头去强忍着笑,肩膀也跟着上下抖动。

广涵闭着眼睛说道:"我们已经去了又回来了。"

"什么,已经去了?你们去哪儿了,上面、下面、侧面?"

广涵忍住了笑意,很认真地回答道:"这是秘密。"

听到广涵这么说,佳恩和成浩实在是憋不住了,尽情地笑了起来。广涵放松了不少。现在不管是选择去哪儿,都会比刚才要果断多了。

"哈哈哈,好。神秘小屋应该保持点神秘,没问题。来吧,那么这次我们就去别的房间看看吧。"

广涵、佳恩和成浩依次牵着手,跟在大叔的后面。广涵前后摇晃着跟佳恩牵在一起的手。佳恩也跟着把和哥哥牵着的手以同样的节奏前后晃了起来。

建筑的材料

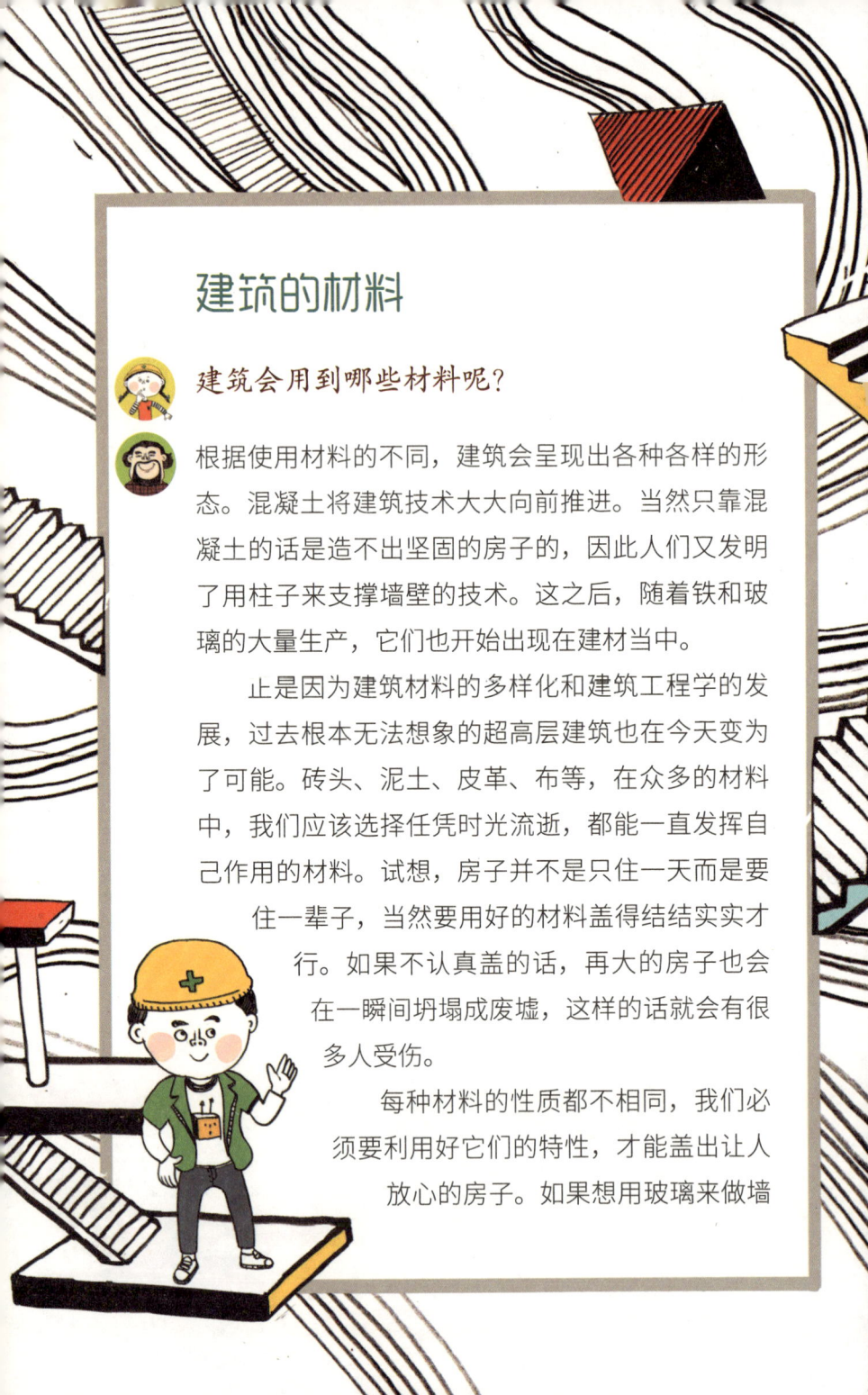

建筑会用到哪些材料呢？

根据使用材料的不同，建筑会呈现出各种各样的形态。混凝土将建筑技术大大向前推进。当然只靠混凝土的话是造不出坚固的房子的，因此人们又发明了用柱子来支撑墙壁的技术。这之后，随着铁和玻璃的大量生产，它们也开始出现在建材当中。

正是因为建筑材料的多样化和建筑工程学的发展，过去根本无法想象的超高层建筑也在今天变为了可能。砖头、泥土、皮革、布等，在众多的材料中，我们应该选择任凭时光流逝，都能一直发挥自己作用的材料。试想，房子并不是只住一天而是要住一辈子，当然要用好的材料盖得结结实实才行。如果不认真盖的话，再大的房子也会在一瞬间坍塌成废墟，这样的话就会有很多人受伤。

每种材料的性质都不相同，我们必须要利用好它们的特性，才能盖出让人放心的房子。如果想用玻璃来做墙

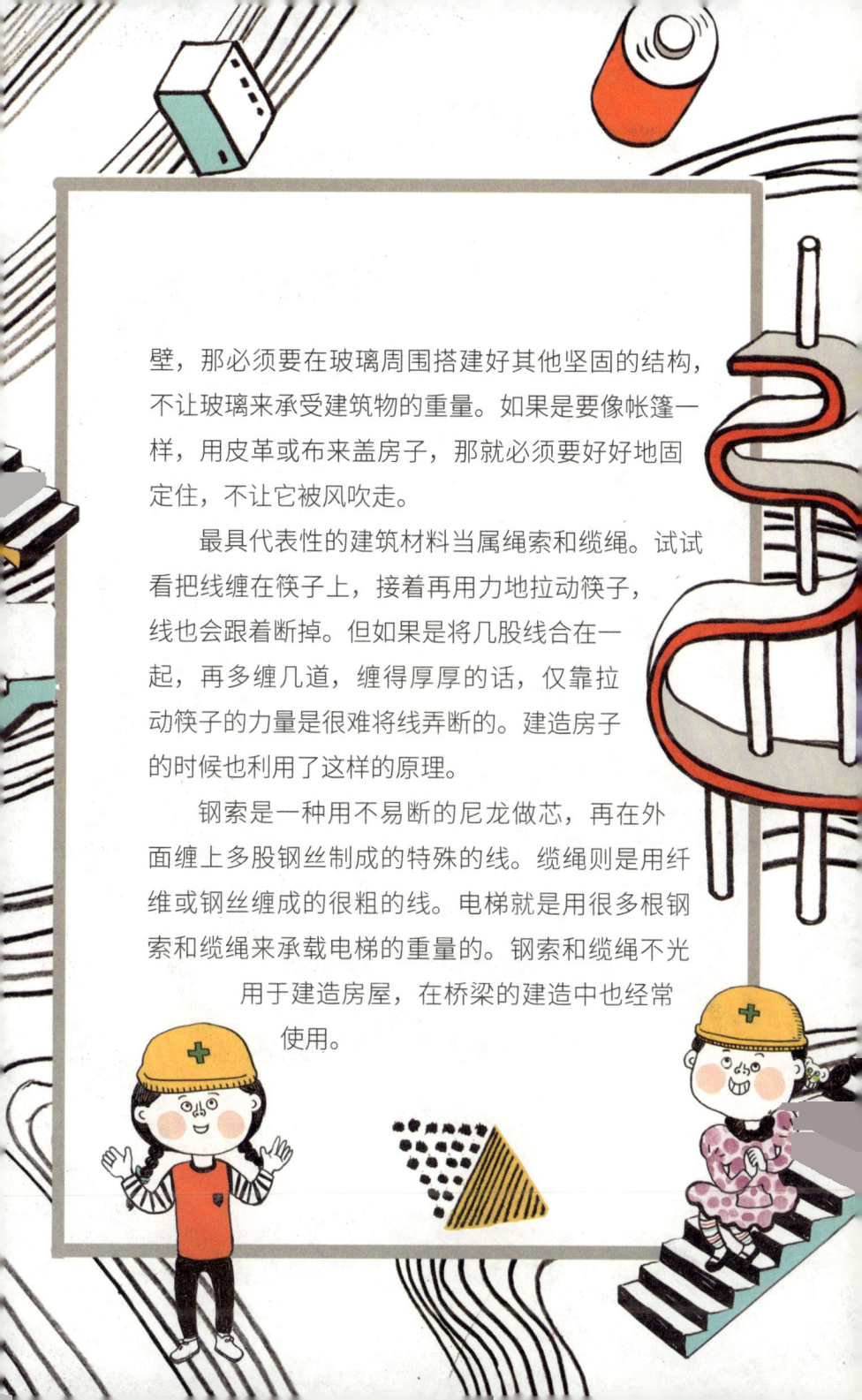

壁，那必须要在玻璃周围搭建好其他坚固的结构，不让玻璃来承受建筑物的重量。如果是要像帐篷一样，用皮革或布来盖房子，那就必须要好好地固定住，不让它被风吹走。

最具代表性的建筑材料当属绳索和缆绳。试试看把线缠在筷子上，接着再用力地拉动筷子，线也会跟着断掉。但如果是将几股线合在一起，再多缠几道，缠得厚厚的话，仅靠拉动筷子的力量是很难将线弄断的。建造房子的时候也利用了这样的原理。

钢索是一种用不易断的尼龙做芯，再在外面缠上多股钢丝制成的特殊的线。缆绳则是用纤维或钢丝缠成的很粗的线。电梯就是用很多根钢索和缆绳来承载电梯的重量的。钢索和缆绳不光用于建造房屋，在桥梁的建造中也经常使用。

神秘小屋

第 6 章

我们造的房子

现在可选的门只有一扇了。跟之前看到的花花绿绿的挂满装饰的门不一样,这次的门就是用常见的普通木材做成的木门。

"这次的门由我来选吧。"

"大叔,反正不是就剩下一扇了吗?"

"哎呀,谁说只剩下一扇了?这里可是神秘小屋啊,有可能不知道从哪儿就会冒出一扇门来。"

大叔打开了门。虽然跟刚刚那间堆满材料的房间有点儿像,但墙上满满的都是储物柜,看起来有点儿像是桑拿房或是澡堂。柜子前面还放着一把带轮子的,看着像台阶一样的梯子,人可以踩着它站上去。

广涵的好奇心一下子就被勾起来了。

"那个,大叔,你刚刚不是说想看神秘小屋会做何反应吗?那是什么意思呢?"

"啊!建筑物不是也会跟随里面住的人而发生改变吗?打个比方,即使是同一栋公寓,同样的面积,同样的结构,不同的房间也会根据里面住的人如何使用它而产生变化。因此我才觉得建筑物一定也会和住的人产生反应。"

大叔欲言又止,不再往下说了。他快步走到了储物柜的前面。

"来吧,你们在这儿一起来试着盖一座房子。刚刚你们三个人各自都盖过了,但这次要将你们三个人不同的想法统一起来,我相信你们肯定能盖出一座比刚刚更好的房子。我真的很好奇你们盖出的房子会是什么样儿的。要不要动手来试一试?"

"好的,大叔。我要试一试。先选什么材料好呢?"

"我也要一起。大叔,请给我们篮子。"

佳恩和成浩挎着篮子跑到了储物柜前面。佳恩和成浩不停地拉开又关上储物柜,从里面拿出各种材料。而广涵只是静静地站在原地看着他们两个人。

"广涵,你不去选材料吗?"

"大叔,我有件事很好奇。你为什么要把这里建成人骑在老虎背上的样子呢?"

"啊,这里有一块老虎岩。老虎是一种令人生畏的块头很大的猛兽,但它发出的吼叫声又非常的大,就像是要驱散所有不好的事情。只要它嗷呜一声,所有不好的事情都会被荡平。所以我希望我建造的神秘小屋也能赶走所有不好的事、可怕的事、烦心事,只留下满满的都是开心的、令人愉悦的事。"

"但是这座房子里发生的事情都太奇怪了。大叔没感觉到吗?能够读懂别人的内心,还能想起很久之前的事……"

"这就要来这儿的客人自己体会了。我刚刚不是也说了吗,房子会根据使用它的人产生不同的反应,哈哈哈。"

大叔支支吾吾地不愿再多说,讪讪地笑着走开了。广涵开始反复地回味在神秘小屋里经历的所有事情。如果现在有一只老虎出现在广涵面前的话,也许她就能在老虎嗷呜的叫声中摆脱可能交不到朋友的恐惧和不愿独处的孤独。如果真的可以的话,她还想帮成浩摆脱需要照顾妹妹的心理压力，帮佳恩消除她对自己外貌的不自信。

"嗷呜！"

广涵发出了很轻的一声老虎叫。突然她感觉身体里充满了力量，有一股气在涌动。广涵慢慢地朝储物柜走去。

三个人将挑选好的材料通通倒在了桌子上。佳恩正想用这些材料来搭建墙壁。

广涵向她建议道："佳恩，我们不是要一起盖房子吗。要不我们先聊一聊各自都是怎么打算的，你觉得呢？"

"好呀，可以。"

佳恩把准备堆在一起的材料重新打散。

三个人凑在一起商量着这次的房子该怎么盖。尽情跑跳也不会挨训的房子，带轮子的房子，有好多台阶的房子，像树木一样噌噌往上长的房子，像星星一样会发光的房子，能变形成宇宙飞船的房子，三个人想盖的房子实在是太多了。

"把刚刚我们盖的房子都拼到一起怎么样？"成浩提议道。

"怎么拼？"

"如果都拼到一起的话，有塔，有花花绿绿的墙和很多门，还有四面都敞开的房间。但是刚刚我们没有加上屋顶，还特别容易坏掉，这次我们得好好地认真干了。"

广涵拍了下自己的膝盖，豁然开朗。

"这主意不错，我们就这么干吧。一层由佳恩来负责，我负责二层，三层交给成浩，最后我们一起来堆塔，怎么样？"

"我觉得没问题。佳恩你呢？"

佳恩眨了眨眼睛。

"哥哥还来问我的意见，这是怎么回事？"

"哎呀，真是的。这有什么大不了的，快点儿回答我。"

"这才像是我的哥哥啊。我同意，一层就交给我吧。"

"好的。成浩你负责的是顶楼，记得要加上屋顶，没问题吧？"

"包在我身上！"

"我也没问题！"

三个人开始七手八脚地忙活了起来。一边盖着自己的那一层，成浩和广涵还一直往佳恩那边瞟，留意她盖的房子的大小尺寸。三个人还拿来了一把小三角尺，用来测量房屋的长度。

因为之前有过盖房子的经验,广涵和佳恩很快就完成了,只留下成浩一个人连一半都还没干完。最先完成的佳恩开始堆起了塔,广涵也来帮她的忙。当塔差不多要堆完的时候,成浩终于完成了第三层,并加上了屋顶。成浩做的屋顶是圆圆的花瓣形状。

"站在塔上往下看的话,就好像是开出了一朵大大的花。哥哥,这个屋顶我很满意。"

"和你一样好看吗?"

"嗯?和我一样?"

佳恩的小脸唰的一下就红了。广涵也轻轻地拍了拍佳恩的背。

"你要是住进去还会更漂亮的。"

成浩和广涵接连着夸奖自己,佳恩像是有些不敢相信,目不转睛地看着两人。突然,佳恩小嘴一噘,开始抱怨道:"姐姐,你是故意哄我的吧。我真的漂亮吗?"

"当然了,你要自信点儿。以后要是觉得自己不够漂亮的话,就试试看这样——嗷呜!"

"嗷呜?"

"嗯。学着像老虎一样,勇敢一点儿,甩开那些不好的想法。"

"知道了,嗷呜!"

佳恩发出的声音比广涵要更响亮、更清晰。成浩也凑了进来,嗷呜地直叫唤。广涵不甘示弱,跟着一起叫了起来。听着三个人轮流发出的叫声,大叔装作被吓到的样子,腰部以上向后仰,连连地向后退去。

"哎呀,我还以为是来了三只大老虎呢,吓死我了。房子都盖完了吗?"

"是的!"

大叔仔细地打量着三个人一起盖的房子。大叔环顾完一楼和二楼，对略带倾斜而变窄的墙壁表示了称赞。

"比起一成不变，还是有些变化更好些。呀，这三楼看上去好特别呀！"

"大叔这么快就发现了？我本来打算吓大叔一跳的。"

成浩用手在安全帽上敲了敲。广涵和佳恩里里外外仔细地看了好几遍，却还是没发现到底特别在哪里。跟一楼一样，三楼也有好多扇通往室外的门，但是这些门上都安装着高度齐腰的防盗网。室内非常的空旷，从窗户往里看，可以发现里面放着桌椅和一张很宽的蹦床，另一边还有一些小狗玩偶。

"哇，这里还有玩偶呢，可以把玩具都放在这里了。哥哥，这里应该是游戏室吧？"

"并不只是简单的游戏室。这间房有点儿特殊，你看好了。"

成浩拿手指弹了一下三楼，整个三楼开始旋转了起来。

广涵和佳恩都张大了嘴。当一扇有窗棂的门和石塔正面对上的时候，成浩打开了窗棂和那扇门。紧接着，他从桌子下面拿出了一件之前藏起来的东西。那是连接三楼和塔的云梯模型。

"从这里可以直接到塔那边吗？"

"嗯，只要转一下就可以过去了。今天从这扇门，明天从那一扇。"

"太酷了吧，成浩，这个设计真不错。"

大叔点了点头。

"点子挺不错的呀。但是最好还是把能通过旋转打开的门固定下来，只留一扇。万一别的门突然打开了，搞不好会有掉出去的风险。虽然盖房子的时候带点儿冒险精神是好的，但安全还是衡量建筑物最重要的条件。"

成浩又敲了一下安全帽。那个姿势好像是在反省自己并没有想到这一点。

"来吧，那我们现在来拍照吧？"

大叔拿来了一部巨大的相机，安上了镜头。他非常仔细地把房间里的东西都拍得清清楚楚，房子的外观也从各个角度拍了很多张。拍完之后，他从相机里取出内存卡，连到了电脑上。

"来吧，现在就让我们开始神秘打印！"

大叔点击了电脑桌面上的照片。

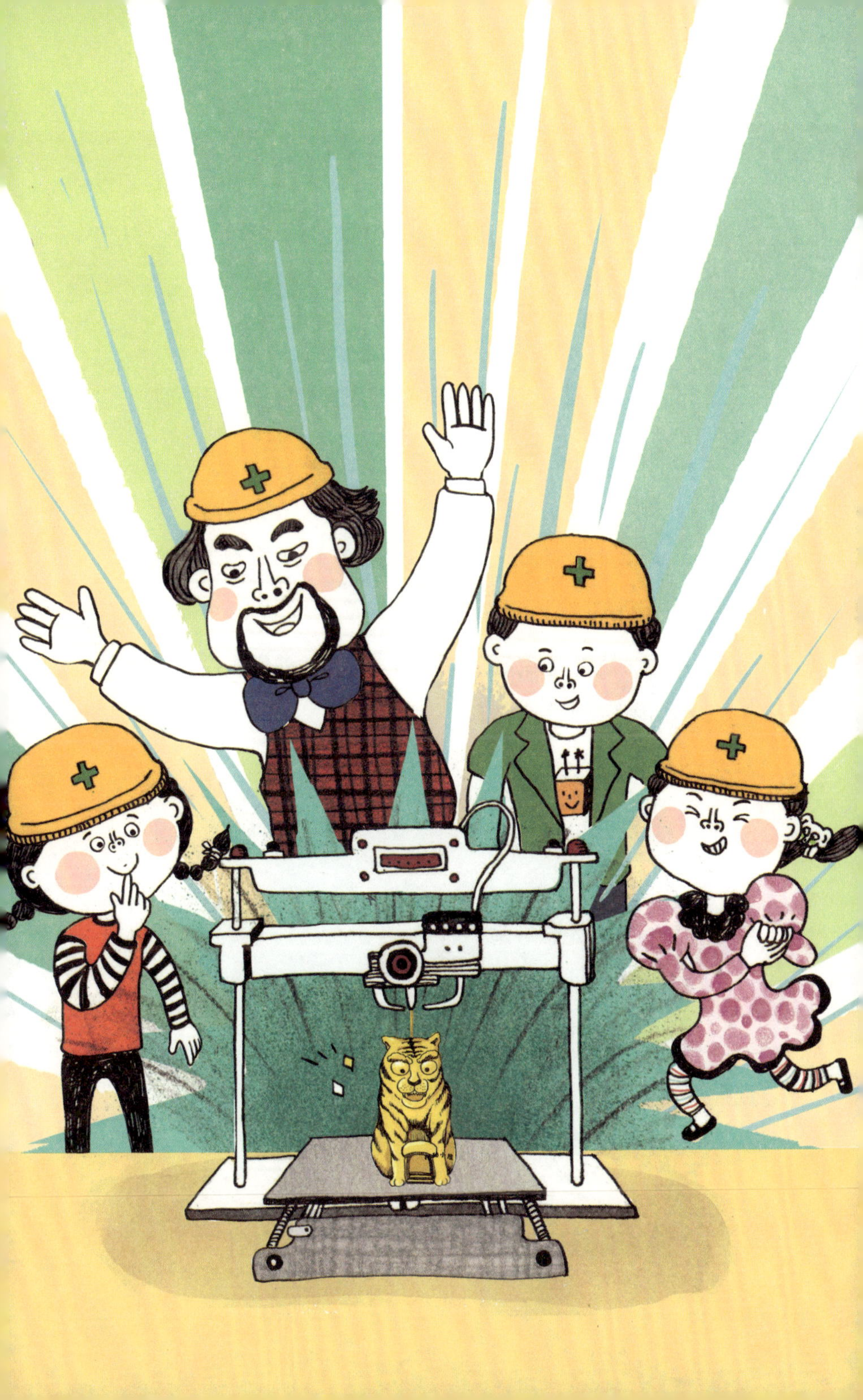

嗡嗡,旁边一台巨大的机器上传来了奇怪的声音。没过一会儿机器就停止了工作。大叔打开机器的盖子,从里面取出了三个模型。

"哇!"

三个人同时发出了惊叹。那正是神秘小屋的模型。

"这是 3D 打印机吗?"成浩发问道。

"没错!"

大叔竖起了大拇指。接着,他在三个模型上都打上了眼,用钥匙环穿了起来。

"这就是终身免费门票。比起把奖牌分成三份,这样要好多了吧?"

"是呢。"

"好棒呀!"

"大叔先生最棒了!"

三个人争先恐后地回答道。

做成钥匙链的模型并不大,可以轻松地握在手里。

"以后我们三个聚在一起,都在这样的房子里生活,该多有意思啊。"广涵嘀咕道。

"那真的会很有意思。"佳恩高兴坏了,一下蹦得老高。

"开心。"成浩说的话最短。

三个人手牵着手,走出了那个房间。虽然刚开始彼此之间有些尴尬和不愉快,但经历了神秘小屋里发生的种种事情,他们俨然已经成为通晓彼此心意的真正的朋友。

广涵又想起了大叔之前曾说过,建筑物会根据里面住的人做出不同的反应。想要交到真正的好朋友的广涵一下子在神秘小屋里交到了两个。下次再和这些朋友一起来的话,肯定会玩得更开心的。

三个人把之前一直戴在头上的安全帽还了回去。佳恩挎着铁桶,和广涵、成浩一起走出了神秘小屋。大叔也跟了出来。突然,神秘小屋从眼前消失了。

"天啊!"

"大叔,神……神秘小屋不见了!"

"怎么……怎么会这样?"

与惊慌失措的三人不同,大叔像是什么事儿也没发生,哈哈地笑着。

"哈哈哈,神秘小屋每天都会消失一次的。虽然屋子一直在原地没动,但是会有那么一小会儿,就那么一会儿，它会看起来像消失了一样，只是看起来。过一会儿它就会再次出现的。"

广涵揉了揉自己的眼睛，简直就像是在做梦。

"难道就跟看不见的柱子一样吗？"

"广涵猜对了呢。没错，整个神秘小屋都运用了跟那根柱子相同的原理。"

广涵眼前浮现出消失了的神秘小屋和看不见的柱子。如果说之前的自己，无论是在家里还是在学校都只是若有若无的存在，就像是那根看不见的柱子的话，从现在开始，她要展现出完整的自己。像佳恩一样，害怕的时候就说自己害怕；像成浩一样，碰到压力大的、不想做的事，就直接明确地表明态度。她想活得自信一些。

眼前，神秘小屋又再次出现了，令人难以置信。

"明天还能再来吗？"广涵急切地问道。

"当然，随时都可以来，你们三个终身免费！"

大叔咯咯地笑了。

三个人盯着大叔返回神秘小屋的背影看了许久。

"姐姐，我们明天还来好吗？明天再试试那些今天没开的门。"

"都不问我的吗?"成浩的声音里带着几分失落。

"哥哥反正肯定会一起的。是吧,哥哥?"

"嗯,如果你非要我来的话,我就勉强跟着一起吧。"

"什么呀,你说实话。你自己明明就很想来的,是不是?"

听着佳恩和成浩吵吵闹闹的声音,广涵开心地笑了。回到家的话,她想把那些关上的门全都打开,来迎接爸爸妈妈回家。今天经历的事,交到的新朋友,她全都想说给爸爸妈妈听。就像广涵今天盖的那座房子一样,她想把现在生活的家也变成能够敞开心扉的地方。

"我们回家吧!"广涵大声说道。

交到了这样两个靠谱的朋友,广涵的肩膀也不自觉地舒展开了。在她的身边,成浩和佳恩迈着相同的步调。套在三个人手指上的钥匙链发出轻快愉悦的响声。

想要成为建筑工程师的话

建筑工程师的工作都包括哪些？

学习建筑工程学的话，有以下的职业可供我们选择：建筑结构设计师、环境设备和施工技术人员、建筑技术（结构、设备、材料、施工方法）研究员、建设运营专家、建筑质量管理专家、建筑工程学教授、房屋改造顾问等。怎么样？跟建筑工程学相关的职业还挺多的吧？

从现在开始，每看到一栋建筑物就请思考一下，想要建成这样的一栋建筑，有几位建筑工程师为之付出了努力呢？请想象一下，为了让水能够自然地流动，让空气能够得到良好的循环，让建筑物能够屹立不倒，建筑工程师们都考虑了哪些问题。

未来，建筑工程师的发展前景会非常多样。未来的建筑物会是什么样子？在未来的建筑过程中，如果能够综合考虑流传下来的故事、周围的环境和自然条件等因素的话当然是再好不过了。从这个角度看，建筑工程师要做的事是无穷无尽的。

想要成为建筑工程师的话都要学习哪些知识？

建筑工程师要了解研究建筑过程中所必需的材料和结构的工程学，为此需要掌握大量的数学和物理学知识。哪怕是一丁点儿的误差都有可能导致建筑出现问题，因此为了保证建筑的安全性，精确的计算是必不可少的。

建筑物需要与周围的环境相适应，建筑工程师自身的哲学思想也可以通过建筑反映出来。为了完成这样的建筑物，我们还需要学习人文学科的知识。如果将数学、物理等自然科学与历史、哲学等人文社会科学进行有机结合的话，就能够建造出优秀的建筑物。

说到底，建筑物是人类生活的空间，因此建筑工程师需要具备对人类社会的理解和探究精神。只要建筑物立在那里，它的职责就是代表某一个空间。这一点还请大家牢记。

图书在版编目（CIP）数据

会变形的房子 /（韩）金煆听著；（韩）李礼淑绘；汪皓译. -- 北京：中信出版社，2023.6
（"小学生前沿科学奇遇记"系列）
ISBN 978-7-5217-3851-3

Ⅰ.①会… Ⅱ.①金…②李…③汪… Ⅲ.①长篇小说－韩国－现代 Ⅳ.① I312.645

中国版本图书馆 CIP 数据核字（2021）第 253795 号

숲속의 미스터리 하우스
Text copyright © 2016 by Kim Haeun
Illustration copyright © 2016 Lee Yesook
All rights reserved.
Originally published in Korea by Gimm-Young Publishers, Inc.
This Simplified Chinese edition was published by CITIC Press Corporation in 2023 by arrangement with Gimm-Young Publishers, Inc. through Arui SHIN Agency & Qiantaiyang Cultural Development (Beijing) Co., Ltd.

本书仅限中国大陆地区发行销售

会变形的房子

（"小学生前沿科学奇遇记"系列）

著　者：[韩]金煆听
绘　者：[韩]李礼淑
译　者：汪皓
出版发行：中信出版集团股份有限公司
　　　　（北京市朝阳区东三环北路27号嘉铭中心　邮编　100020）
承　印　者：宝蕾元仁浩（天津）印刷有限公司

开　　本：880mm×1230mm　1/32　　印　张：4.75　　字　数：76千字
版　　次：2023年6月第1版　　　　　印　次：2023年6月第1次印刷
京权图字：01-2021-5708
书　　号：ISBN 978-7-5217-3851-3
定　　价：19.80元

出　　品：中信儿童书店
图书策划：将将书坊　　　策划编辑：张慧芳　高思宇　　责任编辑：王琳
营销编辑：杜芳　　　　　封面设计：周宴冰

版权所有·侵权必究
如有印刷、装订问题，本公司负责调换。
服务热线：400-600-8099
投稿邮箱：author@citicpub.com